The Blue Devil's Chronicle:

Ultimo Oracolo

Un racconto nell'universo del Quarto Principio™

di Ethan Skyler

Skyler Publishing, Florida
United States of America

I

Note legali

La prima edizione di quest'opera è dedicata
alla lingua di Dante e all'Italia.

IV

L'universo del Quarto Principio™

Nel 29° secolo, l'equilibrio tra civiltà stellari, forze oscure e conoscenze dimenticate si gioca ai margini dell'universo conosciuto. Tecnologia, spiritualità e memoria si intrecciano in una saga dove ogni scelta lascia cicatrici profonde nel tessuto del tempo.

The Blue Devil's Chronicle – Ultimo Oracolo, è la prima storia che esplora questo cosmo vasto e misterioso: un viaggio tra rovine aliene, verità proibite e il richiamo inquietante del Quarto Principio.

Auguro a chi legge di trovare in queste pagine lo stesso piacere che ho avuto io nello scriverle.

— *Ethan Skyler*

VI

A chi non resta mai troppo a lungo in un posto...

Ma lascia un segno.

VIII

Indice generale

"ABBIAMO COSTRUITO SULLE MEMORIE DEGLI DÈI.
E ORA IL VENTO CANTA IL LORO NOME."

— *FRAMMENTO DELTA-9, VOX CALENATHI*
BIBLIOTECA SILENZIATA DI VENTHAR

XII

PROLOGO

Anno 2868
Nei pressi della Piana di Elyar-Zan
Continente Centrale di Loren Prime

Il cielo sopra la Piana di Elyar-Zan era una ferita aperta, squassata dalle scariche della Nebulosa di Lamia che strappavano il buio con bagliori blu-argentei, incenerendo le nubi e distorcendo ogni tracciamento radar.

Il caccia imperiale fendette l'aria rarefatta con una corsa disperata, i propulsori secondari al limite della rottura. Le piastre laterali fumavano, strappate da colpi radenti. Il motore principale mostrava segni di cedimento: ogni accelerazione era un colpo sordo, ogni virata un atto di fede contro la gravità e contro il destino.

Dietro di lui, quattro sagome nere stringevano la formazione. Caccia d'attacco dell'Alleanza Terrestre, rapidi e metodici, addestrati a non lasciare superstiti. Uno di loro — il più esterno, quello che stava cercando di tagliare la rotta dal fianco destro — manovrava con un'abilità feroce, quasi istintiva. Il suo caccia portava le cicatrici di molte battaglie, ma la mano ai comandi era ferma, chirurgica.

Non parlava alla radio. Non urlava ordini.

Solo volava.

E in quel volo, c'era tutto il peso di una guerra troppo lunga.

La strumentazione del caccia imperiale vibrava, i sistemi di puntamento lampeggiavano in rosso, l'HUD olografico si incrinava a ogni scossone, mostrando rotte spezzate e coordinate che cambiavano troppo in fretta per avere senso.

La voce dell'intelligenza artificiale gracchiava, quasi soffocata dal rumore elettromagnetico: "Assetto instabile. Allarme priorità uno. Controllo manuale consigliato."

Il pilota serrò i comandi, ignorando il dolore che gli trapassava il costato. Toccò la leva delle comunicazioni, aprendo la linea diretta con il Comando Orbitale Imperiale.

"Delta-Red-7 a Comando. Recupero completato. Sto procedendo verso Elyar-Zan. Quattro inseguitori alle spalle. Non posso permettere che il carico cada in mani nemiche."

La risposta arrivò pochi secondi dopo, spezzata da fruscii e scariche: "Delta-Red-7, negativa. Elyar-Zan è zona vietata. Ripeto: zona vietata. Interferenze instabili. Devi deviare ora!"

Gli occhi del pilota corsero sul radar: due dei caccia avversari tentavano una manovra di taglio, cercando di spingerlo a deviare verso ovest. Se lo faceva, era morto. La scelta era semplice, brutale. E non aveva intenzione di lasciare la missione incompiuta.

"Impossibile, Comando. Procedo. È l'unica via per cercare di togliermeli di dosso."

Un lungo silenzio avvolse la linea. Solo il fischio degli scudi in sovraccarico riempiva l'abitacolo.

Poi, la voce del comando, più grave, più lenta: "Buona fortuna, Delta-Red-7. Gli Dèi siano con te."

Il pilota chiuse per un istante gli occhi, come per imprimere quelle parole nella carne. Fece un respiro lento poi rispose, la voce salda e dura:

"Roma Aeterna! Antarion Invicta!"

"Roma Aeterna... Antarion Invicta!" ripeté la voce del comando alla radio, come un'antica benedizione militare.

La linea si chiuse.

Non ci sarebbe stato più contatto.

Fu come un'eco antica che sembrava risuonare fino ai confini del cosmo.

Il cielo gli si riversò addosso. Due degli inseguitori dell'Alleanza esitarono, tagliando la rotta in un'improvvisa virata caotica: i loro strumenti probabilmente impazzivano già, distorti dalle anomalie elettromagnetiche che Elyar-Zan sapeva generare come un battito antico. Ma gli altri due continuarono, stringendo la morsa.

Il caccia calò di quota, sfiorando guglie di roccia e torri cristalline che sfrigolavano sotto i lampi della Nebulosa. Una nube di sabbia rossa sbatté contro il parabrezza come una mano viva, per poi cambiare gradualmente colore mentre si avvicinava ai piedi dei monoliti. Lì, tra canyon e ombre immobili, la sabbia diventava più nera, sottile come polvere vulcanica, e il vento la sollevava in vortici effimeri che parevano fumare dal suolo. Non c'era tempo per domandarsi il perché: ogni cosa, in quella tempesta, voleva strapparlo dal cielo.

Un fulmine blu-argenteo esplose poco sopra, scuotendo l'abitacolo in una vibrazione che fece urlare i giroscopi.

Non c'era più spazio per strategie.

Uno dei caccia inseguitori venne colpito in pieno da una scarica della Nebulosa. Un lampo blu-argenteo lacerò l'aria con un boato secco, avvolgendo l'intero velivolo in una gabbia di energia pulsante. Per un istante, il caccia sembrò congelarsi nell'aria, scosso da tremori convulsi, prima di esplodere in una sfera di fuoco e plasma, rovesciando frammenti incandescenti nel cielo notturno.

Il pilota imperiale strinse i comandi, schivando per un soffio una scheggia fiammeggiante.

Dell'intero branco di inseguitori, ne rimaneva solo uno.

Il pilota rimasto abbassò la quota anche lui, sfidando la tempesta.

Aveva già visto quella luce — blu-argento, viva come l'occhio di un Dio in collera — sopra Caleron. Bombe al Lanthanium. Lanciavano squarci di antimateria nei quartieri civili come se fosse strategia. E anche lì aveva continuato a volare. Non per ordine. Non per gloria. Ma perché non sapeva più cos'altro fare.

Il caccia dell'Alleanza esitò, oscillando nella tempesta di sabbia e fulmini. Il pilota avversario capì, forse troppo tardi, che proseguire era un suicidio. Cercò di disimpegnarsi, virando bruscamente verso ovest, puntando i canyon.

Ma altre scariche blu-argentee squarciarono il cielo. Una prima saetta colpì il caccia imperiale, strappandogli un lamento metallico; un secondo fulmine centrò l'inseguitore, investendolo con una violenza assoluta. Il velivolo oscillò, colpito in pieno da una scarica laterale. La strumentazione esplose in una danza di scintille. Il pilota tentò una manovra d'emergenza, ma i propulsori rispondevano a singhiozzo. Pensò alle famiglie di Caleron. Ai bambini. A tutto ciò che aveva perso e che non riusciva più a giustificare.

Poi vide la mesa. E ci cadde sopra.

L'esplosione arrossò l'orizzonte e tremolò nei canyon come un'eco spezzata nei polmoni della valle.

Il caccia imperiale continuava a volare. O forse stava solo precipitando più lentamente, spinto avanti da una forza tanto feroce quanto paradossale, come se gli stessi Dèi che lo stavano abbattendo lo sospingessero ancora per un ultimo, disperato tratto, e la rovina stessa si confondesse con la resistenza, fino a diventare indistinguibili.

I motori singhiozzavano. Il sistema secondario collassava a ogni virata, mentre il caccia perdeva quota, centimetro dopo centimetro.

Attraverso il parabrezza incrinato vide finalmente le prime sagome nere dei monoliti — i giganti di Elyar-Zan, immobili, silenziosi, come giudici millenari.

Il suo respiro si fece più lento, più misurato.

Non pensava più al carico.

Non pensava più alla missione.

Pensava solo a una cosa: resistere ancora un istante.

Scivolò tra i monoliti, cercando di perdere quota senza spezzarsi. Un'altra scarica squarciò l'aria sopra di lui, abbastanza da frantumare una torre di roccia che rotolò sotto il suo percorso, spargendo schegge incandescenti nella sabbia.

Il motore principale rantolò una volta, poi si spense, soffocato. Il sistema di riserva collassò pochi istanti dopo, come un cuore che smette di battere. La gravità, fino a quel momento sfidata, riprese il suo dominio.

Il caccia imperiale si inclinò violentemente, perso ogni controllo, e cominciò ad avvitarsi su sé stesso, tracciando nel cielo una spirale di plasma azzurro e fumo nero. Ogni rotazione strappava brandelli incandescenti dalla fusoliera ferita.

Attraverso il parabrezza incrinato, il pilota vide la piramide ergersi davanti a lui, minacciosa e immobile, come una sentenza incisa nella pietra.

Un impatto frontale sarebbe stato devastante. Letale.

Con un ultimo sforzo, stringendo i comandi con mani insanguinate, dirottò tutta la potenza residua sui propulsori ausiliari anteriori, cercando di rompere il moto rotatorio. Il caccia era in piena spirale discendente, ma una spinta laterale ben dosata, combinata a un rialzo dell'angolo d'attacco, poteva bastare a stabilizzare l'asse di beccheggio.

La prua si sollevò di pochi gradi.

Bastò.

"Spinta direzionale. Coppia inversa. Angolo è misericordia. Spinta è destino."

La frase, imparata anni prima all'Accademia, gli tornò alla mente come un mantra di sopravvivenza.

Il movimento a spirale si spense in un sobbalzo violento, e il caccia — ancora fuori controllo, ma meno folle — si inclinò verso un impatto tangente. Il muso mancò la base della piramide per pochi metri. L'impatto avvenne più in alto, più obliquo.

In un lampo azzurro accecante, il relitto si abbatté contro la cima della struttura, squarciandola come una lama nella carne viva della pietra. Blocchi millenari esplosero in volo, spargendo detriti incandescenti e polvere di secoli.

Il fragore dello schianto si propagò nella notte come un'eco primordiale. La pietra millenaria si spezzò, franando verso l'interno in un'esplosione di polvere e antiche litanie dimenticate.

Poi, solo sabbia.

Solo polvere.

E un silenzio antico, pregno di qualcosa che non aveva mai davvero smesso di vegliare.

Il caccia scomparve in fiamme nel buio della grande sala.

La voce monotona dell'intelligenza artificiale di bordo gracchiava a ciclo continuo, ripetendo una litania di danni critici.

"Attenzione, danni critici.

Distruzione dei sistemi anti-inerziali.

Incendi multipli a bordo.

Abbandonare immediatamente l'abitacolo."

Il pilota, incosciente fino a pochi istanti prima, riprese lentamente conoscenza. Il dolore era ovunque, una morsa indistinta che pulsava implacabile. Sangue gli colava lungo la visiera, mescolandosi alla fuliggine e alla polvere sottile che saturava l'aria.

Non capiva ancora come fosse possibile, ma era intero.

Fratturato, forse.

Ferito, sicuramente.

Ma vivo.

Era riuscito a evitare uno schianto catastrofico.

Non sapeva se sarebbe sopravvissuto molto più a lungo, ma almeno non era morto per un fottuto impatto frontale.

Se qualcuno un giorno avesse trovato la scatola nera, forse avrebbe avuto l'onore di essere ricordato nelle memorie delle Legioni di Antarion.

Prima, però, doveva uscire da lì. E in fretta.

La carcassa in fiamme del caccia era rimasta incastrata su delle colonne immense, inclinate come ossa di pietra spezzate.

Era a testa in giù, sospeso nel vuoto come un insetto prigioniero nella ragnatela. La cintura di sicurezza, ancora miracolosamente integra, gli impediva di cadere di sotto.

Non aveva alternative.

Con un respiro teso, allungò una mano tremante verso il rilascio manuale.

Calcolò al volo: non erano molti metri.

Avrebbe fatto male.

Molto male.

Ma sarebbe sopravvissuto.

Chiuse gli occhi.

Premette il comando.

Il cinturone si sganciò con uno scatto secco, e il suo corpo cadde pesantemente sul pavimento di pietra sotto di lui, strappandogli un grido soffocato di dolore. Rimase lì qualche secondo, immobile, mentre il fuoco continuava a divorare lentamente il relitto sopra la sua testa. Poi, con uno sforzo che sembrava prosciugare ogni goccia di forza, si obbligò a muoversi.

Doveva andare avanti.

Non c'era alternativa.

Si rimise a posto la spalla slogata con un colpo secco, serrando i denti per non urlare. Ogni movimento gli strappava fitte violente: identificò almeno un paio di fratture alle costole, forse anche una gamba rotta.

Si guardò intorno, ancora stordito, mentre il caccia divorato dalle fiamme proiettava ombre distorte sulle pareti. Che diavolo di posto è questo? Si chiese, il pensiero ruvido e confuso nella mente.

Il soffitto interno della grande piramide si apriva sopra di lui, sorretto da archi rampanti e colonne colossali, come una cattedrale gotica sepolta nel deserto.

Una cattedrale... ma in forma di piramide.

Al centro esatto della sala, accanto al relitto ancora fumante, sorgeva un altare.

Costruito su più basamenti a gradoni, si innalzava verso la volta oscura come il fulcro rituale di quel luogo dimenticato. Sotto di esso, spuntava l'antico granito della piana di Elyar-Zan, crepato ma ancora vivo sotto la polvere dei secoli.

La luce cremisi della nana rossa, filtrando dall'apertura squarciata nella cima della piramide, si mescolava alle fiamme del caccia, proiettando riflessi lividi che sembravano far vibrare le colonne e le ombre.

L'aria, incredibilmente, era ancora respirabile.

Un vento lento e sottile, proveniente dall'apertura più alta, portava dentro un filo di corrente fresca, trascinando con sé il sapore della sabbia e della rovina.

Si trascinò avanti, ogni passo un atto di volontà pura, dirigendosi verso l'altare.

Non sapeva perché.

Non aveva un piano.

Solo l'istinto — e qualcosa di più profondo, come un richiamo muto che sfiorava l'immobilità stagnante della sala, un sussurro antico rimasto sospeso nei secoli.

Riuscì ad arrivare all'altare, zoppicando e trascinandosi sui gradoni consunti. L'aria sembrava vibrare, come se lo spazio stesso avesse memoria. La base era incisa con simboli scolpiti direttamente nella pietra, linee e curvature che sembravano sopravvissute al tempo e alla rovina. Si chinò, sfiorandoli con le dita insanguinate.

Li aveva già visti — o qualcosa di simile — in vecchi rapporti militari riservati. Ricordava bene i tratti dell'alfabeto Ael'Tharun, la struttura modulare, le simmetrie. Ma questi simboli... erano diversi.

Stessa origine, forse, ma un'altra sintassi. Più grezza, oppure più evoluta. Difficile da dire. In ogni caso, non riconoscibili dai database ufficiali dell'Impero.

Una variante arcaica? O un codice dimenticato, mai decrittato?

Annotò mentalmente quell'ipotesi. Non era uno storico e non aveva con sé strumenti adatti a un'analisi dettagliata, né il tempo per farlo. Ma sapeva riconoscerne il valore.

Sollevò lo sguardo. L'aria tremava leggermente, come se una corrente invisibile percorresse la sala, pulsando a intervalli costanti. Una pressione impercettibile — come se la stanza stesse trattenendo il respiro.

O forse era solo la sua testa a pulsare.

Scosse il capo, cercando di schiarirsi le idee.

"Forse è l'elettrostatica," mormorò, più per restare lucido che per convincersi. "O il fumo... o il colpo alla testa."

Si guardò intorno, gli occhi adattati appena alla penombra, ma il buio era quasi solido, pulsante. Ogni suono rimbalzava sulle pietre con un'eco strana, ovattata.

Istinto da sopravvissuto.

Infilò la mano nella tasca laterale, cercando qualcosa che potesse tornargli utile.

La trovò subito, quello che ogni sopravvissuto addestrato sapeva di dover avere con sé: starlight. Le vecchie luci chimiche terrestri, ancora in dotazione dopo mille anni. Non perché la tecnologia non fosse avanzata. Ma perché funzionavano sempre.

Immune agli impulsi gravitazionali, alle interferenze elettromagnetiche, persino agli schianti. Non c'era blackout, tempesta solare o sabotaggio che potesse fermarli. Bastava spezzare la stecca, mescolare i reagenti, e la luce si accendeva. Sempre.

Era per questo che nessuna tuta da campo, nessun kit di sopravvivenza da combattimento ne era mai privo.

L'alternativa? I bengala al fosforo attivati a sfioramento — gli stessi che trovi ancora nei vecchi kit da ricognizione M-GEAR o nei moduli di sopravvivenza standard L9. Brillanti, certo. Ma instabili. Bastava una scintilla fuori tempo, una guarnizione secca, o il classico colpo di vento nel momento sbagliato... e ti ritrovavi con un incendio in pieno campo. E su un pianeta come Loren Prime, dove anche l'aria sembra voler prendere fuoco, era l'ultima cosa che volevi.

Nessuno in missione sprecava una cartuccia di fusione Aequitas da 20 kJ solo per fare luce. Quelle si tenevano per il caricatore della sidearm — o del fucile d'assalto, se le cose si mettevano male. Perché se la luce era sopravvivenza, il fuoco... quello era guerra.

E tra le due, quando si trattava di scegliere, ogni veterano lo sapeva: l'ultima scarica la metti in un'arma. E la luce te la tieni chimica. Perché una starlight può salvarti la vita, ma un flare al fosforo in mezzo al deserto? Può solo bruciartela via.

Su Caleron successe davvero.

Un tiratore attivò un flare vicino alla zona d'estrazione. Doveva solo segnalare. Gesto semplice, ripetuto mille volte. Ma il cilindro era stato esposto troppo a lungo durante il drop orbitale. Il fosforo, instabile, divampò direttamente nelle sue mani.

Indossava una Mark V Delta — ignifuga, almeno sulla carta. Ma a quel punto era già sfilacciata, ridotta a brandelli di nanofibra rattoppata.

La fiamma la trafisse come niente, bruciandogli attraverso guanto e avambraccio, accendendo l'erba intorno come miccia. I compagni cercarono di spegnerlo, ma era già troppo tardi. Rimase in piedi giusto il tempo di urlare.

Dopo quell'incidente, le squadre iniziarono a portarsi dietro solo starlight.

Quella luce non aveva mai tradito nessuno.

E a quanto pare, anche i terrestri la pensavano così. Nei fondi degli zaini d'assalto, accanto ai kit da sutura e alle razioni a lunga scadenza, ce n'era sempre uno. Magari logoro, mezzo piegato, ma c'era.

Li attivò.

Un clic secco, un sibilo liquido. Poi il bagliore.

Verde-azzurro.

Quella luce spettrale che aveva visto in mille esercitazioni notturne e in più di una zona d'atterraggio d'emergenza. La lanciò verso gli angoli della piramide.

Le luci rimbalzarono sul pavimento liscio, rotolarono qualche metro e si fermarono tremolando, come sentinelle silenziose nella polvere. Avrebbero illuminato per dodici ore, forse qualcosa di più.

Sufficiente per vedere l'alba — semmai un'alba fosse arrivata laggiù.

E sotto quella luce, il silenzio cambiò natura. Non era più semplice oscurità.

Era un respiro trattenuto.

La sala emerse lentamente dall'ombra, rivelando la sua natura con l'indifferenza maestosa delle cose eterne. Dove prima c'era solo oscurità, ora si stendeva un antro immenso, chiuso e antico — un santuario alieno sepolto nel tempo.

Le colonne torreggiavano solenni nella penombra, reliquie verticali di un'architettura sacrale perduta, sorreggendo archi rampanti che si perdevano nell'oscurità della volta. Ogni linea sembrava parte di una simmetria più vasta, come se l'intero spazio fosse stato progettato per incanalare qualcosa: energia, potere — una memoria molto antica.

Le pareti, ora visibili nel bagliore verde-azzurro delle luci starlight, erano lisce e uniformi, prive di giunture, prive di imperfezioni. Non sembravano costruite, ma generate. Come se non fossero opera di architetti, ma frutto di una volontà superiore, modellata da strumenti sconosciuti o da mani che, probabilmente, non erano mai state umane.

Non c'erano segni del tempo, né erosione, né crepe. Solo superficie pura, opaca, vibrante di una presenza silenziosa.

Non c'erano porte.

Nessuna via d'uscita.

Poi quando si voltò verso il fondo della sala, lo vide. E Per un istante la sua mente scivolò, come inciampando in un gradino invisibile.

Inciso sulla parete opposta, nella pietra più scura e compatta, un grande cerchio emergeva dalla superficie con un rilievo millimetrico, come se non fosse stato scolpito, ma fuso nella pietra stessa, integrato come un organo vitale nella carne dell'edificio. Al suo interno si delineava un triangolo con la punta rivolta verso l'alto, affilato come una freccia, diretto verso l'alto cielo o forse verso qualcosa di più profondo.

Alla base inferiore del triangolo, una sfera vuota — o almeno così sembrava al primo sguardo, come se non fosse stata completata — era incisa con un rilievo appena percettibile. Ai due lati del triangolo, invece, vi erano due sfere piene, scolpite con maggiore evidenza.

Il tutto era inscritto in un cerchio perfetto. L'effetto complessivo era disturbante. Quasi dissonante, come una nota stonata in mezzo alla liturgia imperiale. Quei simboli — così diversi da quelli religiosi o dagli stemmi impressi sulle armature — non avevano nulla di familiare. Eppure — qualcosa in quella forma gli fece correre un brivido lungo la schiena. Gli ricordava vagamente le decorazioni templari, gli emblemi imperiali, ma c'era qualcosa di profondamente sbagliato. Non era solo diversa. Era capovolta.

La Croce di Sharaan — ma al contrario?

Un simbolo proibito. Un'eresia.

Il pensiero gli esplose dentro come un'intuizione viscerale. Non sapeva cosa significasse davvero, ma sapeva — con certezza assoluta — che non doveva trovarsi lì. Quel simbolo non era semplicemente ribaltato. Era l'inverso.

La conosceva bene. La Croce di Sharaan era scolpita nei portali delle cattedrali imperiali, impressa sulle medagliette degli ufficiali religiosi, disegnata con geometria perfetta in ogni monastero spaziale dell'Impero — e, in forma semplificata, cucita anche sulla sua tuta come stemma delle legioni di Antarion.

Il triangolo in basso rappresentava la Dèa, Nostra Signora di Sharaan, le sfere in alto erano rivolte al cielo, e il cerchio racchiudeva tutto nell'armonia del cosmo. Un'antica croce latina immaginaria, sempre perfettamente sovrapponibile.

Ordine. Direzione. Elevazione.

Ma qui — tutto era rovesciato.

Il triangolo aguzzo puntava verso l'alto, la base instabile fluttuava su un'assenza, e le sfere — non guidavano più nulla, sembravano sostenere qualcosa che non voleva essere sostenuto. Non c'era ascesa. Solo un'illusione di simmetria. E la croce latina risultava inversa.

Una negazione.

Eresia.

L'inversione non era un errore. Non un caso.

Era un segnale.

Un messaggio inciso dai secoli — o da qualcosa che li aveva oltrepassati, calpestati, e poi dimenticati.

Un'eresia antica.

Un presagio.

Il cuore gli martellava nel petto, troppo veloce, come se le stesse pietre lo stessero osservando. Come se quel simbolo silenzioso e immobile stesse sussurrando qualcosa che l'Impero aveva tentato invano di seppellire.

Non aveva più dubbi: l'Impero doveva sapere. Quel luogo era pericoloso.

Non solo per chi vi entrava —

Ma soprattutto per ciò che poteva ancora uscirne.

Come avvisarli?

E cosa più importante — avrebbe fatto in tempo?

Scrutò il perimetro un'ultima volta, cercando una via, uno spiraglio, anche solo un errore nella geometria perfetta di quella tomba. Ma niente.

Le pareti della piramide erano sigillate, immobili, mura millenarie costruite per resistere al tempo e ai vivi. E il suo caccia — non era che una carcassa in fiamme, rantolante sotto il peso delle sue stesse strutture di metallo.

Si trascinò di nuovo verso l'altare, strisciando una gamba inutilizzabile, sentendo ogni colpo delle costole fratturate vibrare attraverso il torace come lame sottili. Aveva sistemato alla meglio la spalla lussata, ma il resto del corpo era una mappa di dolore pulsante. Raggiunse il primo gradone dell'altare e si lasciò cadere pesantemente, il fiato corto, la testa che gli pulsava al ritmo lento del sangue che ancora gli colava da una ferita sulla fronte.

Di fronte a lui, il relitto del caccia continuava a bruciare, proiettando ombre distorte sulle colonne, sugli archi rampanti, mentre alle sue spalle, incisa sulla parete opposta, la Croce di Sharaan rovesciata sembrava osservare ogni suo movimento.

Frugò tra le tasche lacerate della giacca.

Aveva con sé una radio portatile da campo, ma il raggio era ridicolo — troppo corto per raggiungere la flotta imperiale in orbita, troppo debole per bucare il silenzio antico e opprimente di quella piramide. Forse era anche danneggiata.

Esalò un respiro ruvido, carico di polvere e stanchezza.

Frugò nello zaino d'emergenza e ne estrasse una barretta energetica. La scartò con dita tremanti, la carta che frusciava come se avesse un peso enorme. Cominciò a masticarla lentamente, senza appetito, solo per non cedere del tutto. Un sapore tra l'insipido e il rancido. Uno di quegli impasti proteici standardizzati che la logistica imperiale distribuiva alle truppe da almeno tre secoli.

Che schifezza.

Pensò al Galactic Chick'n™ — *"pollo fritto fra una mutazione aliena e l'altra"*, come recitava lo slogan.

Croccante, unto, pieno di grassi e nostalgia.

Se proprio doveva morire — sarebbe stato meglio farlo con una coscia di pollo fritto in mano. Magari speziata. Magari con un bicchiere di birra vera.

Non con quella roba gelatinosa che ora gli si incollava ai denti e al coraggio.

Le mani gli tremavano mentre cercava di stringere una benda attorno a una delle ferite più profonde. Il sangue filtrava tra le dita, caldo e ostinato. Ogni nodo era una fitta. Ogni gesto, un compromesso tra sopravvivenza e resa.

Ma la verità era semplice. Brutale.

Non gli servivano bende.

Non forza di volontà.

Gli serviva un medico.

Bevve un sorso dell'acqua rimasta. Il liquido gli graffiò la gola come carta vetrata.

Tornò a pensare al pollo.

E alla Birra di Arkhan™ — quella scura, densa, fatta con cola naturale secondo una ricetta tramandata da chissà quali monaci alcolisti tra i monti di lava.

Sarebbe stata perfetta. Anche lì.

Soprattutto lì.

Fredda, ruvida, con quella schiuma spessa che sapeva di casa.

Non quella merda sintetica da caserma che ti dava la nausea al secondo sorso.

Chiuse gli occhi un istante.

Poteva almeno immaginare di avere qualcosa di decente in mano.

Si rimise seduto contro il basamento dell'altare, il braccio ancora intorpidito e la gamba praticamente insensibile. Ogni respiro era una lotta, ogni secondo guadagnato era una piccola vittoria.

Non sarebbe morto senza combattere.

Non senza aver tentato tutto.

La radio iniziò a gracchiare.

Voci spezzate, intermittenti, si facevano strada tra le scariche.

"...Delta... sette... ---orbitale... riposizionamento in corso..."

Un incrociatore imperiale. Doveva essere vicino.

Il comando!

Strinse il microfono con dita insanguinate, quasi senza crederci.

"Comando, qui Delta-Red-7! Mi ricevete?"

La voce gli uscì ruvida, incrinata.

"Tentativo di recupero completato. Ripeto: ho il carico. Piramide di Elyar-Zan. Coordinate compromesse. Situazione critica. Richiedo estrazione immediata."

Ci fu un sibilo, un colpo di segnale.

Poi... nulla.

Il silenzio tornò a inghiottire tutto.

Si lasciò ricadere contro il basamento dell'altare, il respiro corto. Il braccio ancora intorpidito e la gamba sempre insensibile. Ogni respiro era una battaglia, ogni secondo guadagnato, una piccola vittoria strappata alla rovina.

Non sarebbe morto così.

Non senza aver tentato tutto.

Le fiamme del caccia spezzavano la penombra in lampi convulsi. Le pareti pulsavano come pelle viva, e la pietra sembrava trattenere un respiro che non voleva finire. Alle sue spalle, la Croce rovesciata vegliava.

Immensa.

Silenziosa.

Inamovibile come un occhio antico.

Pensò alla missione, al carico recuperato, alla verità che aveva solo sfiorato, ma che ora bruciava dentro di lui come un marchio. Tutto aveva senso. Adesso sì. Adesso, finalmente, tutto tornava.

E faceva paura.

Dalla radio arrivarono altri frammenti, spezzati da scariche e distorsioni.

Li sentiva.

Voci lontane, concitate. Ordini. Coordinate. Loro erano là fuori.

Ma lui...

Lui era solo.

"–––Delta... conferma posizione...–––punto di estrazione... Elyar... interferenze–––"

Nessuno lo sentiva.

Poteva urlare nella radio finché non gli si spezzavano le corde vocali — sarebbe stato lo stesso.

La radio gracchiava nel vuoto. Un rumore cieco, ossessivo, ma nessuna risposta. La voce del Comando si era spenta, come se fosse stata inghiottita nella notte.

Restava solo il silenzio.

Chiuse gli occhi.

Si concesse un attimo. Uno solo.

Non era resa.

Era tregua.

Un respiro lungo tra una battaglia e la prossima. E sotto le palpebre, il fuoco del caccia continuava a danzare.

Il vento soffiava ancora, ma la tempesta si era allontanata.

Una quiete densa, elettrica, calava sulla piana come il respiro trattenuto di un Dio stanco.

Sotto il cielo ancora striato dai bagliori della Nebulosa, tra le rocce contorte e la sabbia scura, il relitto del caccia dell'Alleanza giaceva inclinato su un fianco, mezzo sepolto nella cresta spezzata della mesa.

Un lamento metallico attraversava lo scafo. Il cockpit era aperto di forza, come se qualcosa fosse esploso dall'interno. E dentro — immobile — un pilota.

Tuta bruciata in più punti. Elmetto spaccato sul lato destro.

Poi, un movimento.

Un respiro.

Il pilota riemerse dal buio come da una caverna di fuoco.

Ogni muscolo gli urlava addosso, bruciato dalla tensione e dal contraccolpo dello schianto. Il sangue gli colava lento sopra l'occhio sinistro, offuscandogli la vista, confondendo sabbia e cielo in una stessa macchia tremolante di luce e dolore.

Respirava a fatica. L'aria sapeva di ozono, metallo, e polvere rovente.

"Angolo è misericordia. Spinta è destino."

La voce uscì roca, quasi spezzata. Ma vera.

Una massima originaria dei piloti imperiali d'elite, ma conosciuta anche all'Accademia Top Gun dell'Alleanza Terrestre.

Il jetpack d'emergenza era ancora agganciato alla sua schiena. Il guscio posteriore era crepato, fuso in parte, ma il nucleo del modulo lampeggiava ancora.

Rosso.

Ostinato.

Una sola carica residua.

Forse non bastava per arrivare fin laggiù, ma non c'era alternativa. Strisciò fuori dal cockpit, spingendo via pezzi di vetro e cavi tranciati. Il metallo del relitto era ancora caldo, pulsante come carne ferita. Tossì, sputando sangue e fuliggine.

Quando si mise in piedi, traballando, vide la piana.

E laggiù, la piramide.

Emerse tra i monoliti come un miraggio di pietra, solitaria, intatta, avvolta dalla quiete spettrale che seguiva la tempesta. La luce cremisi della nana rossa la accarezzava di taglio, rivelandone i bordi levigati e le superfici pallide, screziate dal tempo. Intorno, i monoliti sembravano immobili, come inchiodati al silenzio dei secoli.

Dalla cima della piramide usciva ancora del fumo.

Una colonna sottile e costante che si perdeva nel cielo chiaro, come l'ultimo respiro di un velivolo precipitato. Il pilota capì: l'altro caccia doveva essere finito all'interno, sfondando la sommità e incastrandosi nella struttura.

Non c'erano bagliori visibili, né movimento.

Solo quel fumo.

Poi — un bip.

Sommesso.

Il casco vibrò lievemente, un impulso breve che gli sfiorò appena la tempia.

Un segnale.

Debole.

Imperiale.

Una linea rossa, intermittente e delicata, comparve lentamente nella visiera, lampeggiando a intervalli regolari. Era un segnale militare, debole e confuso dalle interferenze, ma chiaro nella sua codifica: frequenza a corto raggio, classe Antarion.

Il pilota rimase fermo, fissando quel minuscolo lampeggio rosso che sembrava voler comunicare qualcosa di troppo fragile per essere creduto davvero. Forse era soltanto una trasmissione automatica, un impulso inviato nell'istante dello schianto. Una richiesta di soccorso generata da un sistema ormai distrutto, una voce senza più padrone.

Oppure no.

Quel segnale continuava a pulsare, tenace e insistente. Debole, certo, ma ancora lì, testardo come chi non vuole cedere alla fine.

No, pensò il pilota, era impossibile.

Nessuno poteva sopravvivere a uno schianto simile, non contro una struttura così solida e antica. Eppure qualcosa in lui—qualcosa di testardo quanto quel segnale—rifiutava di credere che là sotto ci fosse solo un relitto carbonizzato.

Controllò con lentezza il modulo del jetpack agganciato dietro la schiena. Il metallo era annerito, deformato dalle scariche della tempesta.

Una sola spinta residua, gli confermò il display.

Forse non sarebbe bastata per tornare indietro.

Ma era sufficiente per arrivare fin laggiù.

E in fondo, pensò, quello era tutto ciò che importava in quel momento. Inspirò con calma, ignorando il dolore, lasciando che il corpo si rilassasse per un attimo, come se volesse ricordare ogni singola sensazione prima di compiere quel passo irreversibile.

Poi chiuse la visiera.

Il rumore del vento sparì lentamente, lasciando solo il battito sordo del cuore e il respiro regolare dentro la tuta. Per qualche secondo non ci fu nient'altro: né paura, né dubbio. Solo quel debole lampeggio rosso davanti ai suoi occhi.

Premette con decisione il comando di accensione.

Il jetpack rispose con una vibrazione profonda e stabile, poi lo sollevò dolcemente verso l'alto, portandolo via dalla mesa e dalla sabbia rossa disseminata di rottami.

La piramide cresceva davanti a lui, luminosa sotto il riflesso cremisi della nana rossa, con quella sottile colonna di fumo che saliva ancora verso il cielo.

E così volò, lentamente e senza esitare, verso la pietra antica, verso il segnale che continuava a chiamarlo, verso un destino che ora sembrava chiaro come mai lo era stato prima.

Il pilota dell'Alleanza atterrò ai piedi della piramide, sollevando mulinelli di polvere rossa e nera sotto i propulsori ormai quasi esausti. Il jetpack si spense con un ultimo sibilo instabile, lasciandolo in un silenzio teso, carico di elettricità.

La Piana di Elyar-Zan si stendeva deserta, attraversata da cicatrici ancora incandescenti e vene di pietra fumante. I monoliti rocciosi si ergevano tutt'intorno, immobili e intatti, le superfici punteggiate da scariche residue che crepitavano tra le fenditure.

Lì vicino, invece, giacevano i resti di qualcosa che non aveva resistito.

Caccia abbattuti.

Carlinghe strappate.

Motori divorati dal cielo.

La tempesta li aveva falciati con scariche blu-argento, disintegrandoli come insetti colpiti dal fulmine degli Dèi. Erano caduti uno dopo l'altro, divorati dalla luce.

Lui no.

Lui aveva resistito. Non illeso, ma abbastanza da sopravvivere allo schianto sulla mesa, abbastanza da rialzarsi e procedere verso lì.

Aveva seguito la colonna di fumo che saliva dalla cima della piramide, sottile e costante, come una preghiera dimenticata lanciata in un cielo che non ascoltava più. Si fermò ai piedi della struttura, il jetpack tremante sulle spalle, il sistema che sputava avvisi di emergenza. Pensò per un istante di scalarla a mani nude. *È solo pietra.* Ma appena sfiorò la superficie capì la verità: era liscia come vetro, inclinata quanto basta per tradire ogni appiglio. Bastò un passo per scivolare di mezzo metro, quasi a faccia avanti.

"Dannazione..." sibilò tra i denti. *Inutile. Qui a piedi non ci sali neanche pregando.*

Restava una sola scelta.

Attivò i propulsori — deboli, instabili, ridotti a un sussurro di spinta. Il jetpack tossì scintille, poi cedette un lampo di energia. Si sollevò quel tanto che bastava, oscillando come un uomo appeso al fiato degli dei. Le suole sfiorarono l'orlo della pietra liscia, strappando una scia di polvere scintillante.

Con un ultimo colpo di potenza, attraversò l'apertura squarciata nella cima.

Il mondo si capovolse.

E il buio lo avvolse.

All'interno, l'aria era pesante. Il relitto del caccia imperiale fumava ancora, incastrato tra colonne millenarie spezzate. Il calore si irradiava piano, come il respiro lento di una creatura ferita.

Sulla sinistra, qualcosa si mosse.

Un corpo, disteso contro un'altare al centro della piramide. La tuta bruciata in più punti. L'elmetto spaccato appoggiato per terra poco distante.

Il pilota si avvicinò con cautela, passo dopo passo, senza fiato.

Poi, all'improvviso, gli occhi dell'altro si spalancarono.

Il pilota imperiale si ridestò come un animale braccato. In un solo gesto, rapido e meccanico, estrasse una pistola al plasma e gliela puntò contro con fermezza.

"Fermo!" ringhiò, la voce roca ma tagliente. "Non fare un altro passo, bastardo!"

Il pilota dell'Alleanza si bloccò subito. Alzò lentamente le mani.

"Non voglio farti del male" disse con calma. "Hai una gamba fratturata e stai perdendo sangue. Se non ti aiuto, sei morto."

L'altro lo fissava, con la pupilla tremante. Non abbassava l'arma.

"I soccorsi arriveranno."

"No" replicò il terrestre. "La tua radio è a pezzi. E anche se fosse integra... qui sotto non funziona nulla. L'interferenza è totale. Sono certo che l'hai sentito anche tu. Nessuno risponde."

Guardò il cielo attraverso l'apertura, poi la pietra intorno a loro.

"Facciamo così" aggiunse, a voce più bassa. "Ti do la mia arma. Così decidi tu."

Un istante di silenzio.

Poi il pilota imperiale annuì. La ricevette con mano incerta. La controllò. Ancora qualche secondo puntata... poi abbassata.

Con movimenti lenti e misurati, il pilota dell'Alleanza si inginocchiò. Estrasse il kit medico.

Ogni gesto era essenziale. Pulito.

Sfilò i bendaggi sporchi, fermò l'emorragia con una morsa, irrigidì la gamba con una stecca d'emergenza. Nessuna parola. Solo il respiro e il crepitio del fuoco.

"Perché lo fai?" mormorò l'imperiale. "Perché mi stai aiutando?"

La sua voce era più stanca che diffidente, ora. Si era accorto dei segni, delle placche annerite, del simbolo ancora visibile sul braccio strappato della tuta. Era uno di quelli che lo avevano inseguito nei cieli di Elyar-Zan.

Lo ricordava.

Non per la violenza.

Non per l'aggressività.

Lo ricordava per il modo in cui volava. Quel pilota... era diverso. Il suo caccia sembrava danzare, sfiorare l'aria invece di tagliarla. Non c'era rabbia nei suoi movimenti, né urgenza cieca.

Solo armonia.

Era come osservare una melodia farsi carne. Come se ogni manovra fosse parte di una frase incompleta, detta a metà... ma vera.

Volava come qualcuno che aveva molto da dire — e lo diceva così.

Attraverso il volo.

Un tutt'uno con il suo caccia.

Come se cielo e macchina, carne e cockpit, fossero solo strumenti nella stessa sinfonia. E ora... era lì, con le mani sporche di sangue, a steccargli la gamba.

"Perché mi stai aiutando?" chiese di nuovo, con un filo di voce.

E per un attimo, non sembrò più un nemico.

Il pilota dell'Alleanza rimase in silenzio, inginocchiato accanto all'altro. Le mani appoggiate sulle cosce, il respiro ancora grave. Sembrava che stesse trattenendo qualcosa — non solo il dolore, ma un'intera vita di convinzioni e battaglie che improvvisamente non avevano più voce. Non sollevò lo sguardo. La sua voce uscì ruvida, stanca, come se dovesse graffiare la gola per emergere.

"Non lo so" disse. "Combatto da così tanto — che non ricordo nemmeno per cosa."

L'imperiale abbassò la testa. Fece un cenno con gli occhi verso un oggetto posato accanto a lui: un cilindro metallico annerito, leggermente deformato sul lato, ma ancora sigillato. Una custodia di sicurezza, standard militare dell'Alleanza Terrestre, ma con un livello di protezione che nessun'unità ordinaria avrebbe dovuto trasportare.

"Guarda dentro" mormorò.

"Quel nucleo dati — è l'unica ragione per cui sono finito in quest'inferno. Se hai le credenziali — e credo tu le abbia — allora puoi leggerlo."

Il pilota terrestre esitò.

Poi si mosse con cautela.

C'era sempre il rischio che l'altro potesse cambiare idea. Che il bisogno di sopravvivere — o la sua missione — superasse la gratitudine.

Ogni passo era misurato, ogni gesto lento. Si chinò e afferrò il nucleo. Era più pesante del previsto, e il metallo bruciava ancora di calore residuo. Lo collegò alla propria interfaccia.

In fondo, era la sua missione.

Recuperare il nucleo dati.

E quello era il modo migliore per verificare che fosse quello giusto.

La tuta emise un suono sommesso.

Una linea di luce blu attraversò la visiera.

L'intelligenza artificiale si attivò.

ACCESSO CONCESSO.
PROGETTO STELLA DI MEZZANOTTE

Classificazione: Livello Omega – Protocollo di estinzione tattica
Ubicazione primaria: Orbita bassa New London
Sistema di attivazione: sequenza armonica ibrida + impulso a fusione controllata
Obiettivo designato: Distruzione totale dei monoliti in caso di attivazione anomala
Effetto collaterale stimato:
- Zona Letale: 120 km
- Vittime previste: 30–40 milioni
- Probabilità di sopravvivenza centro città: 0.04%

Il respiro gli si bloccò in gola. Era un'arma, ma non come le altre.

Un'arma di distruzione di massa.

Decine di milioni di morti, spazzati via come canne al vento di un uragano.

New London.

Il pilota serrò la mascella, mentre il respiro gli sfuggiva più veloce, quasi a inseguire qualcosa che non voleva tornare. I dati scorrevano davanti ai suoi occhi come una condanna lenta e inesorabile. Non c'erano bombe nel file, nessuna testata, nessuna testimone visibile della distruzione.

Solo un impulso.

Una sequenza.

Un codice essenziale, quasi banale nella sua struttura, ma così perfettamente calibrato da rendere l'idea agghiacciante nella sua semplicità: bastava premere un tasto, nel momento giusto, nel punto giusto, per annullare tutto ciò che esisteva.

Chiuse gli occhi. Non per cercare pace, ma per fermare l'ondata che saliva da dentro, quella che non era mai cessata davvero.

Caleron era ancora lì.

Non se n'era mai andato. Non era solo nelle cicatrici che portava addosso, né nelle mani che ancora tremavano leggermente ogni volta che il mondo taceva troppo a lungo. Era nel modo in cui respirava, nel battito irregolare del cuore ogni volta che un silenzio prolungato ricordava più una minaccia che una tregua. Era nei sogni che non faceva più, nelle immagini che non aveva bisogno di ricordare perché non se n'erano mai andate davvero.

Aveva attraversato sistemi, cambiato missioni, ruoli, volti, ordini, e ogni volta si era ripetuto che era finita, che il peggio era passato. Ma sapeva bene che non era così. Non lo era mai stato. Perché Caleron non finiva mai. Lo portavi con te, dentro, come una verità sepolta appena sotto la pelle, pronta a riemergere ogni volta che qualcosa la sfiorava.

Lo rivide. Le strade che implodevano sotto le onde d'urto, i palazzi che si piegavano su sé stessi e poi crollavano come sabbia secca nel vento. Le comunicazioni interrotte, i segnali spezzati a metà frase, le grida che si spegnevano in una nebbia densa di fumo, di cenere, di sangue. Rivide i corpi — troppi, sempre troppi — ammassati senza nome, senza distinzione. Quartieri interi cancellati in un battere di ciglia. Rifugi sventrati. Veicoli ribaltati come giocattoli lanciati via da una mano invisibile.

E sopra ogni cosa, il ricordo più vivido, il più insopportabile: le bombe al Lanthanium.

Quelle no. Quelle non riusciva a dimenticarle.

Il modo in cui il cielo si apriva, senza avvertimento, senza pietà, e lasciava cadere il fuoco degli Dèi. Plasma e antimateria che scendevano come pioggia sul destino degli uomini. Come se il mondo stesso volesse smettere di esistere. Come se, per un istante, l'intera galassia avesse deciso di non fingere più di essere viva.

Aveva combattuto per proteggere. Per salvare. Aveva creduto che fosse quello lo scopo. Aveva visto bambini strappati al fuoco, donne che si erano salvate per un soffio, compagni che si trascinavano l'un l'altro fuori dall'inferno. Aveva pensato che quello bastasse, che quello fosse giusto. Qualcuno, da qualche parte, glielo aveva detto.

Che era necessario. Che era il dovere. E lui lo aveva fatto. Aveva obbedito. Aveva salvato vite. Ci aveva creduto davvero.

Ma questo —

Questo era diverso.

"New London — "

La voce dell'imperiale gli arrivò come un sussurro lontano, roca, quasi spezzata.

"Il cuore storico dove è nato l'Impero. Antica capitale, un tempo. Cuore della Chiesa. È lì che tutto è cominciato. È lì che la gente prega ancora, guardando le stesse stelle di cinquecento anni fa, davanti ai monoliti — sacri e temibili — e dentro la cattedrale, dove il silenzio pesa più delle parole."

Il pilota dell'Alleanza lo ascoltava in silenzio. Non aveva bisogno di rispondere. Quel nome — New London — da solo bastava a evocare tutto.

Bellezza, storia, cultura.

E ora anche morte.

"E' questo che siamo diventati?" mormorò l'imperiale, senza staccargli gli occhi di dosso.

Per un lungo istante rimasero immobili.

Si fissarono.

Non come nemici, non più, ma come testimoni silenziosi di qualcosa che li aveva oltrepassati entrambe. Due uomini distrutti in modo diverso dalla stessa guerra. Nessuno dei due cercava più giustificazioni.

Erano finite.

Evaporate.

Come tutto il resto.

"È per questo che combatti?" disse infine l'imperiale.

"Perché se quel nucleo torna indietro — allora è questo il futuro. Nessun negoziato. Nessuna pace. Solo distruzione. Su innumerevoli altri mondi"

Il nucleo era ancora collegato, il suo bagliore riflesso sul bordo interno della visiera, come una brace che si rifiutava di spegnersi. Lì accanto, il file pulsava ancora. Un impulso lento, regolare. Come se qualcosa, in fondo a quel silenzio, stesse ancora aspettando una risposta.

Il soldato imperiale respirava a fatica, ma era cosciente. I suoi occhi erano fissi nel vuoto — ma non assenti. Non più.

Non c'era più paura, né sfida.

Solo stanchezza.

E qualcosa di antico.

Quel tipo di consapevolezza che arriva solo quando tutto il resto è caduto — lì in quella notte, nell'irreale silenzio che riempiva la piramide.

Non era solo l'assenza di rumore a renderlo tale, ma la sensazione che quello spazio — vasto, immobile, antico — fosse in ascolto. Come se la pietra intorno, levigata dal tempo e dalla dimenticanza, stesse osservando, giudice e custode silente di un'epoca perduta.

Il fuoco del relitto mandava ancora bagliori irregolari che si riflettevano sul soffitto e sulle pareti, le ombre tremolanti sulle colonne e sul volto ferito del soldato imperiale. Quel bagliore instabile disegnava figure che sembravano vive, come spiriti trattenuti nella materia. E in mezzo a tutto questo, sembrava che la guerra, là fuori, fosse rimasta indietro.

Lontana.

Spezzata da un tempo infinito che lì dentro non aveva più senso.

Il pilota terrestre abbassò lo sguardo. Il nucleo era ancora collegato, il suo guscio metallico pulsava come un cuore elettronico. Lasciò che si scollegasse lentamente, senza fretta. Come se quel gesto non fosse solo una procedura tecnica, ma qualcosa di più intimo.

Una ferita che si chiude. Una scelta che si compie.

Non disse nulla.

Non chiese nulla.

Non cercò una spiegazione, né un ordine, né una ragione in più.

Guardò l'uomo davanti a sé. E basta.

Il soldato imperiale che giaceva al suolo, il respiro ancora affannato, la gamba fratturata, la tuta bruciata, la pelle incrostata di sangue e fuliggine.

Ma gli occhi erano ancora aperti.

Fissi.

E per la prima volta da quando si erano incontrati, non erano pieni di paura. Né di sfida.

C'era solo stanchezza.

In quel momento, quell'uomo non era un nemico. Non era un bersaglio. Non era una minaccia da neutralizzare, né un ostacolo da superare.

Era solo un essere umano.

Vivo per miracolo.

Disteso in mezzo a un luogo talmente remoto, talmente al di là del tempo e dello scontro, da non sapere più da che parte stava il mondo.

E forse, pensò il pilota, bastava questo.

Non voltarsi.

Non sparare.

Chinarsi. Guardare. Restare.

E in quel silenzio che sapeva di pietra e fuoco e attesa, quello era già abbastanza.

Quello era già una risposta.

Si alzò lentamente, le ginocchia scricchiolarono appena sotto il peso del corpo, ancora scosso dalla caduta. Si allontanò qualche passo, lasciandosi il ferito alle spalle. Davanti a lui, tra le ombre tremolanti proiettate dalle fiamme del relitto, si stagliava la Croce rovesciata di Sharaan.

Era immensa. Antica.

Inquieta.

Un simbolo proibito. Una bestemmia scolpita nella pietra.

Eppure, per un istante — breve come un soffio — gli sembrò che ci fosse qualcosa di giusto, lì. Non bello, non rassicurante, ma vero

Autentico.

Non sapeva se fosse per quello, o per tutto il resto.

Forse per entrambe le cose.

Si voltò. Tornò lentamente verso il soldato imperiale. Estrasse la radio portatile dalla cintura. Un vecchio modello da campo, con frequenze criptate e un amplificatore di segnale incorporato. Si sedette accanto al relitto e iniziò a lavorare. Smontò il modulo di identificazione, cancellò le sue credenziali, resettò i codici trasponder.

Poi tornò da lui. Gliela porse.

"Ho resettato tutto" disse con voce bassa. "Ora puoi inserire i tuoi codici. Contatta il tuo comando. Il segnale è potenziato"

L'imperiale lo fissò in silenzio. Poi abbassò lo sguardo verso la radio. E oltre quella, verso il nucleo dati, ancora lì accanto. Stava per chiedere qualcosa, ma il pilota parlò prima.

"Il mio caccia si è schiantato stanotte. Su quella mesa, a ovest."

Indicò con un gesto vago, come se quella direzione fosse ormai distante anni luce.

"Tienilo tu."

Poi si chinò, passò il braccio sotto la spalla dell'imperiale e lo aiutò ad alzarsi. L'altro grugnì appena, la gamba steccata era rigida, ma riuscì a reggersi in piedi. Fecero insieme quei pochi passi verso il centro della sala, fin sotto l'apertura squarciata nella cima della piramide.

La luce rossa della stella nana filtrava dall'alto, disegnando una lama obliqua tra le ombre.

"E tu?" chiese l'imperiale, fermandosi.

Il pilota guardò verso il varco, poi tornò a fissarlo.

"Non ho nessun posto dove tornare" rispose.

Poi fece una pausa.

E aggiunse, quasi sussurrando: "Non più."

L'altro non replicò.

Non ce n'era bisogno.

Pochi istanti dopo, seduto a terra, avviò la comunicazione. La voce del comando imperiale crepitò tra le interferenze. Quando riconobbero il suo codice d'identificazione, si scatenò un'agitazione frenetica.

Era vivo. Era dentro la piramide.

"Attenda i soccorsi, Capitano. Stiamo arrivando. Santa Maria Sharaan... è ancora vivo!"

La voce era carica di emozione, ma lui non ascoltava più davvero. Sapeva bene di chi era il merito.

Alle sue spalle, il pilota dell'Alleanza si era voltato verso il relitto. Sfilò con calma le morsine di riconoscimento — placca, codice, distintivo. Li osservò per un istante, poi li gettò nel fuoco. Il metallo crepitò per qualche secondo.

Poi svanì.

Tornò sotto l'apertura. Si voltò una sola volta, un cenno con il capo.

Nessuna parola.

Nessuna promessa.

Accese il jetpack.

I propulsori si accesero con un ultimo rombo profondo, e lo sollevarono dolcemente verso l'alto, lungo il fascio di luce che entrava dalla sommità squarciata della piramide. Un ultimo sguardo alla Croce rovesciata, poi sparì nel cielo.

Più tardi, quando i soccorsi imperiali atterrarono all'esterno e calarono all'interno con i verricelli, lo trovarono adagiato su una lettiga d'emergenza, ancora cosciente, in condizioni critiche, ma stabile.

Tra le cose accanto a lui, sparse sul pavimento, c'erano alcune mostrine dell'Alleanza Terrestre, consumate, bruciate ai bordi.

Una delle infermiere le raccolse, confusa.

"Di chi sono queste?" chiese.

Il pilota imperiale si voltò verso di lei.

La voce bassa, ferma, senza esitazione.

"Erano di un pilota dell'Alleanza."

Guardò le fiamme tremolanti del caccia, ormai assopite.

Lei lo fissava, incerta. Qualcosa nella sua voce la turbava.

Poi lui sollevò lo sguardo, incrociando i suoi occhi.

"È morto."

"Cosa ha fatto l'IA?
Solo quello che le ho detto di fare."
— Cael Skyler

*Estratto da una lettura pubblica presso
l'Accademia di Arcadia
sede di Terranova
Archivio Culturale Interstellare – Anno 2871*

Capitolo I

Anno 2872
Nebulosa di Lamia
Orbita di Loren Prime

La vecchia nave esploratrice attraversò le dense nubi della Nebulosa di Lamia, scivolando tra le scariche elettromagnetiche con la resistenza di un brigantino che si rifiutava di affondare.

Un tempo progettata per l'esplorazione di sistemi sconosciuti, era stata riadattata per missioni di trasporto e combattimento, una trasformazione necessaria per sopravvivere ai margini della civiltà. Ventidue metri di acciaio e fibra di carbonio, armati e rinforzati dall'esperienza di anni di battaglie e fughe disperate, rendevano la Stellar Falcon un piccolo gioiello di tecnologia vintage nello spazio del 29° secolo.

Le piastre dello scafo portavano i segni di innumerevoli missioni: graffi profondi, saldature d'emergenza visibili lungo le giunture, crateri anneriti da plasma e leggere deformazioni causate da vecchie collisioni. Ogni cicatrice raccontava una storia di scontri mai registrati nei database ufficiali. I propulsori adattati, più potenti di quelli originali, rispondevano con un lieve tremolio mentre il vascello avanzava tra le onde elettromagnetiche della nebulosa, assorbendo ogni scossa con la rassegnata resilienza di chi aveva visto troppi cieli e troppe battaglie.

Nascoste lungo la fusoliera, torrette a ripiegamento rapido e supporti per carichi modulari rivelavano la sua doppia natura: mercantile per necessità, combattente per sopravvivenza. Non era veloce come un caccia, né resistente come una corazzata, ma in mani esperte era letale quanto entrambe.

In ascolto costante di segnali audio e video, uno dei monitor laterali intercettò automaticamente una trasmissione proveniente dai satelliti corporativi in orbita sopra Loren Prime. Non appena la nave entrò nel cono radio della stazione Horizon 12, il display agganciò lo spot — uno di quelli che le megacorporazioni trasmettevano in cambio dell'accesso alla rete nei mondi di frontiera.

Sul pannello esplose lei.

La Marilyn del 29° secolo.

Sulla spiaggia di un pianeta alieno, immersa in un tramonto violaceo che sfumava dal lilla profondo al rosso ambrato, la sua figura brillava in un'aura retrò da anni '50 del 20° secolo. Alle sue spalle, un gigante gassoso dominava il cielo come un dio colossale, mentre una luna turchese sfiorava l'orizzonte. La sabbia metallica scintillava a ogni passo, riflettendo bagliori cangianti.

Si muoveva con un piccolo balletto elegante, una giravolta morbida che faceva ondeggiare l'abito bianco. La musica synthwave anni '80 dello stesso secolo, reinterpretata per il 29°, pulsava nella cabina con un ritmo caldo e ipnotico: un ricordo impossibile, familiare e straniante allo stesso tempo.

Sollevò la bottiglia.

Sorseggiò con un sorriso da diva.

Poi avanzò verso la camera, lenta e sensuale, mentre il vetro catturava il riflesso del gigante gassoso e della luna, trasformandosi in un piccolo faro stellare.

La camera zoomò appena, morbida e vicina, quasi a sfiorarla.

La sua voce — magnetica, vellutata, tagliente come uno spot progettato per scolpirsi nella memoria — dichiarò:

"Cola Dream™ — the sweetest shockwave of the galaxy."

La musica proseguì un istante, e le immagini rimasero sospese: luminose, artificiali, come un sogno pagato a peso d'oro dalle corporazioni per sedurre i mondi di frontiera. Su Loren Prime, persino la pubblicità era un miraggio stonato — tecnologia luccicante gettata sopra un mondo selvaggio.

"Affascinante..." disse fra sé e sé, pensando ad alta voce.

Poi il comandante spense lo schermo con un gesto tranquillo, quasi abituale: la bellezza artificiale delle corporazioni contro la brutalità semplice della frontiera spaziale.

Dalla cabina di pilotaggio, il comandante osservava il pianeta sottostante attraverso il pannello trasparente, mentre la nave man mano scendeva nell'atmosfera. Un mondo selvaggio, dove la frontiera non era solo un confine, ma un modo di vivere. Un mosaico di praterie sconfinate e deserti rocciosi, punteggiati da antiche rovine. Canyon profondi e mesa imponenti si stagliavano tra le pianure, con dense foreste pluviali che si aggrappavano ai bordi delle scogliere come un ultimo bastione della vita contro la desolazione.

Loren Prime era un luogo senza legge e senza un vero governo. Uno di quei mondi ai margini della civiltà, dove chiunque poteva nascondersi, cercare ricchezze dimenticate o semplicemente scomparire.

La nave scese lentamente, sfiorando torri di comunicazione semi-crollate ed edifici corrosi dal tempo. Sopra di lui, la stazione spaziale scientifica Horizon 12 brillava in orbita: l'unica autorità riconosciuta nel sistema. Situata lungo la trade lane Earth–Rigel, nel cuore della Nebulosa di Lamia, a oltre quattrocento anni luce dalla Terra, Horizon 12 era sospesa a metà strada tra lo spazio dell'Alleanza Terrestre e i confini dell'Impero Celeste di Antarion.

Monitorava il traffico, ma non esercitava alcun controllo su Loren Prime.

Qui, nessuna legge valeva davvero.

Il comandante attivò il pannello olografico, selezionò la funzione di atterraggio, e l'IA di bordo prese il controllo finale. I motori ruggirono, rallentando la discesa sulla piattaforma principale della colonia, mentre il sistema automatico completava le ultime manovre con precisione chirurgica, allineandosi alla griglia della pista.

"Atterraggio in corso. Velocità nominale. Contatto con superficie previsto tra dieci secondi."

La voce femminile dell'IA era fredda, neutra, misurata.

Il rumore dei propulsori si attenuò progressivamente fino al tonfo sordo dell'atterraggio.

Un secondo dopo, la stessa voce tornò:

"Atterraggio completato.

Ambiente esterno: atmosferico respirabile.

Temperatura rilevata: 27°C

Uscita sicura."

Sullo schermo del pannello principale, comparve per un istante una linea di testo verde su sfondo nero:

[Skyler OS – versione ElyOS 7.4.2 – AI Signature: S.KLR

Sistema attivo. Condizioni operative stabili.]

L'aria era densa di umidità e odore di carburante bruciato. La pista d'atterraggio era costellata di vecchie astronavi in vari stati di degrado — alcune ancora funzionanti, altre ormai ridotte a carcasse dimenticate, abbandonate sotto sabbia e tempo.

Uno straniero scese dalla rampa con passo sicuro, il lungo cappotto di pelle sfiorava la polvere rossastra del terreno. Il vento caldo della frontiera gli scompigliò i capelli biondi, lunghi quel tanto da dargli un'aria selvaggia, mentre granelli di sabbia si insinuavano nelle pieghe del cappotto. Gli occhi erano nascosti sotto la tesa curva di un vecchio cappello logoro, consumato dagli anni e dai viaggi.

Alle sue spalle, una stella arancione tenue – una calda K4 V – calava lentamente dietro l'orizzonte, avvolgendo il cielo in morbide sfumature ambrate, quasi accarezzando il paesaggio con la sua luce luminosa e rassicurante. Era l'ultimo respiro del giorno, un momento di fragile bellezza sospeso tra il crepuscolo e l'oscurità.

Di lì a poco, però, l'atmosfera sarebbe mutata radicalmente: la crescente luminescenza azzurrea della grande nebulosa di Lamia e il tenue bagliore cremisi di una nana rossa M8 V, lontana e fioca, avrebbero preso il sopravvento sulla notte. Quella singolare mescolanza di luci, rare e suggestive, avrebbe avvolto il pianeta di frontiera in un manto enigmatico, conferendogli un'aura a dir poco affascinante e misteriosa. Era un luogo ai confini della galassia, dove anche le notti sembravano parlare un linguaggio antico e dimenticato, fatto di stelle silenziose e segreti nascosti.

Sotto il cappotto, indossava una tuta da esploratore, resistente e pratica, segnata dall'uso ma ancora funzionale. Un cinturone gli cingeva i fianchi, carico di cartucce di fusione alloggiate in supporti rinforzati, i segni dell'usura visibili sul cuoio consumato dai viaggi. La pistola nella fondina sembrava quasi un'estensione naturale del suo corpo, sempre pronta, sempre a portata di mano.

Era qui per un motivo preciso: recuperare un manufatto rubato e, possibilmente, non finire sepolto sotto la polvere rossa di Lost Treasure nel processo.

Aveva un appuntamento al bar più famoso della colonia—e anche il più malfamato: The Rift Saloon. Se voleva informazioni, quello era il posto giusto. A un passo dal varco che tagliava i canyon verso Elyar-Zan, era l'ultimo porto per chi cercava rifugio... e il primo da evitare per chi sapeva cosa si agitava oltre l'orizzonte.

Mentre avanzava tra le strade dissestate di Lost Treasure, una familiare sensazione di libertà lo avvolse. Era questo il motivo per cui aveva scelto la frontiera: l'avventura, l'esplorazione, la scoperta. Lontano dalle costrizioni delle metropoli dei sistemi interni, qui poteva essere se stesso, senza dover fare i conti con il passato, senza dover rendere conto a nessuno, eccetto che a se stesso e agli Dèi.

Ciò che lo spingeva sempre oltre era l'ignoto. Rovine perdute, mondi dimenticati... e, forse, anche la possibilità di non pensare a quello che aveva lasciato dietro di sé.

Fece un respiro profondo e si incamminò verso il cuore di Lost Treasure.

Qui iniziava la sua missione.

Lo Straniero entrò nel vecchio bar. Spinse le porte, che si richiusero dietro di lui con il rumore inconfondibile di chi sta entrando. Per un attimo, l'intero locale si fermò. Le conversazioni si interruppero, i dadi rimasero a mezz'aria, il barista bloccato con un bicchiere a metà strada tra il bancone e le labbra di un cliente.

Solo dopo alcuni secondi, quando nessuno sparò, tutto riprese a scorrere.

Questa era la vita di frontiera. Lost Treasure e Loren Prime ne erano una famosa testimonianza.

L'aria era spessa di fumo stantio e alcol distillato male. L'odore di sudore, polvere e olio di blaster bruciato si mescolava in una fragranza pungente, il marchio di ogni avamposto senza legge.

I clienti erano un mix pericoloso di archeologi avventurieri, contrabbandieri e mercenari in cerca di un ingaggio.

Alcuni sguardi si posarono su di lui per un istante, per poi distogliersi. Altri invece rimasero fissi, più a lungo del necessario. Valutavano. Qui, un solo movimento sbagliato poteva trasformare un semplice drink in un duello all'ultimo sangue.

Si diresse al bancone e poggiò un credito sulla superficie consumata.

"Whisky, doppio," disse con voce bassa ma ferma.

Il barista, un uomo con cicatrici sul viso e un occhio bionico che brillava debolmente sotto la luce al neon, annuì senza fare domande e versò il liquore nel bicchiere.

Mentre sorseggiava il suo drink, la sua mano libera restava rilassata, ma mai troppo lontana dalla fondina. Scrutò l'ambiente con la coda dell'occhio. Il suo contatto avrebbe dovuto essere lì, ma di lui nessuna traccia. E questo significava solo due cose: o aveva cambiato idea... o qualcuno lo aveva fatto sparire prima che potesse parlare.

Lo Straniero tamburellò le dita sul bicchiere, studiando le espressioni delle persone intorno a lui. Qualcuno qui dentro sapeva qualcosa. E lui aveva tutta l'intenzione di scoprirlo.

Si rivolse al barista, la voce bassa ma decisa. "Sto cercando Cavendish. L'archeologo."

A quel nome, il bar si irrigidì. Alcuni avventori lo guardarono di sottecchi, con espressioni preoccupate, come se avesse appena bestemmiato. Uno, seduto vicino all'ingresso, sbiancò leggermente, poi si alzò di scatto e uscì, quasi di corsa.

Silenzio.

Il barista non si scompose. Prese un bicchiere, lo asciugò con calma e solo dopo qualche istante rispose. "È un po' che non si vede in giro."

Lo Straniero sorseggiava il suo whisky, lo sguardo fisso sul liquido ambrato che girava nel bicchiere. L'aria nel bar era ancora tesa. Il tizio che era scappato fuori pochi istanti prima non gli era sfuggito. Né gli sguardi di quelli che avevano abbassato il capo quando aveva pronunciato il nome di Cavendish.

Stava riflettendo su cosa fare, quando avvertì tre figure avvicinarsi alle sue spalle. Passi lenti. Sicuri. Un'ombra si proiettò sul bancone.

"Ehi tu," disse una voce ruvida, con un tono fintamente cortese. "Vieni al tavolo, vorremmo avere il piacere di parlarti."

Lo Straniero non si voltò subito. Alzò appena lo sguardo verso lo specchio dietro il bancone, che rifletteva la sagoma dei tre uomini alle sue spalle. Mercenari. Facce vissute, abiti logori, cinturoni carichi di munizioni.

Non il tipo di persone che offrivano da bere per gentilezza.

Prese un altro sorso e poi, con calma: "No grazie. Preferisco godermi qui il mio whisky."

Un attimo di silenzio.

Poi la pressione inconfondibile della canna di un blaster premette contro il suo fianco.

"Insisto."

La voce era cambiata. Ora era fredda. Senza spazio per negoziare.

Lo Straniero sospirò appena, quasi annoiato. Posò lentamente il bicchiere sul bancone, facendo tintinnare il vetro contro il legno consumato.

Con un leggero sorriso ironico, inclinò la testa.

"Beh... visto che insisti."

Si alzò lentamente, facendo scorrere il cappotto di pelle lungo i fianchi. Ogni movimento era misurato. Sapeva che il tizio col blaster avrebbe avuto il dito sul grilletto.

Dietro di lui, un altro paio di clienti si alzarono in silenzio e uscirono dal locale. Meglio essere lontani quando le cose si mettevano male. Il bar si fece più silenzioso. Gli occhi erano tutti su di lui. Il barista smise di asciugare il bicchiere e lanciò un'occhiata annoiata ai tre uomini. Aveva visto questa scena troppe volte.

"Per favore, niente sparatorie nel mio locale."

Il freddo della canna premeva contro il fianco dello Straniero. Il tempo sembrò fermarsi. Poteva sentire il respiro del mercenario dietro di sé, l'odore di tabacco e sudore mescolarsi all'aria carica di tensione.

Poi, si mosse. Un lampo. Un solo gesto rapido, preciso.

Si girò di scatto, afferrò il polso del mercenario e lo torse con forza. Il blaster scivolò dalle dita del tizio, che spalancò gli occhi in un misto di dolore e sorpresa. Non ebbe nemmeno il tempo di reagire. Una bottiglia volò dal tavolo più vicino e gli esplose in testa in una pioggia di vetri e whisky. Il corpo crollò all'indietro, travolgendo una sedia con un tonfo sordo.

Il secondo mercenario non perse tempo. Con un ruggito si lanciò avanti, il pugno serrato come un martello. Lo Straniero afferrò una sedia e gliela fracassò addosso con tutta la forza. Il legno esplose in schegge, il mercenario barcollò all'indietro, ma prima che potesse crollare, lo Straniero gli assestò un calcio al petto, mandandolo a sbattere contro il bancone.

Il terzo, più rapido e agile, evitò il colpo e rispose con un pugno diretto al volto.

Lo Straniero incassò con un ghigno. Il sapore ferroso del sangue si sparse nella bocca, la pelle del labbro si aprì con un bruciore familiare. Non era il primo cazzotto che prendeva in vita sua, e probabilmente non sarebbe stato l'ultimo.

"Bel destro." Si passò la lingua sul taglio, accennando un sorriso ironico. "Ti hanno insegnato a combattere o a ballare?"

L'altro ringhiò e si lanciò di nuovo su di lui, il pugno sollevato per un colpo più potente. Lo Straniero lo anticipò con una ginocchiata nello stomaco. Il fiato del mercenario si spezzò in un rantolo soffocato. Un attimo dopo, Lo Straniero lo afferrò per il colletto e lo spinse con violenza all'indietro, facendolo volare sopra un tavolo. Il legno si spezzò sotto il suo peso, mandando bottiglie e piatti in frantumi.

Il caos si scatenò.

Bottiglie che volano. Sedie che si spezzano. Tavoli che si rovesciano. Gli avventori che si scansano appena in tempo, qualcuno ride, qualcuno si allontana, altri osservano con interesse crescente, come se quella rissa fosse il vero spettacolo della serata.

Un altro uomo, uno che non c'entrava nulla con la rissa, ma che forse aveva voglia di divertirsi, afferrò una bottiglia e la lanciò nella mischia. Il vetro sfiorò la testa dello Straniero e si infranse contro la parete in un'esplosione di schegge.

Uno dei mercenari, ripresosi a fatica, cercò di prenderlo alle spalle. Lo Straniero, senza nemmeno voltarsi, si abbassò d'istinto. Il pugno dell'uomo colpì il vuoto. In un attimo, lo afferrò per la camicia e lo scaraventò contro un gruppo di giocatori di carte. Le carte volarono in aria come piume di un volatile spaventato, mescolandosi ai bicchieri rovesciati e agli insulti.

"Figlio di—!" brontolò il più grosso dei giocatori, alzandosi e spostando una bottiglia vuota dal tavolo. Il suo sguardo era furioso.

"Non è colpa mia," si giustificò lo Straniero, scrollandosi la giacca. "Ma se vuoi unirti alla festa..."

Il giocatore non ebbe tempo di decidere. Uno dei mercenari superstiti si lanciò verso lo Straniero con un coltello.

Lo Straniero fece un passo indietro. La lama fischiò nell'aria, mancandolo per un soffio.

Con una mossa fluida, prese una bottiglia mezza piena dal tavolo accanto e la rovesciò addosso all'assalitore. Il liquido bruciò negli occhi del mercenario, che urlò di rabbia. Lo Straniero non gli lasciò il tempo di riprendersi: con un pugno preciso alla mascella lo mandò giù, pesante come un sacco di sabbia.

Il barista, che fino a quel momento aveva osservato con la rassegnazione di chi ne ha viste troppe, sbatté il panno sul bancone e urlò:

"Okay, adesso basta!"

Nessuno lo ascoltò.

Un altro pugno, un altro colpo di sedia, il saloon ancora avvolto nella confusione di bottiglie infrante e tavoli ribaltati. Urla, bestemmie, legno che scricchiolava sotto i pugni. Lo Straniero si muoveva come un'ombra tra il caos, colpiva, schivava, piegava i corpi con movimenti secchi e precisi. Ma fu quando uno dei mercenari — uno più furbo degli altri — estrasse un blaster, che l'aria cambiò.

La tensione raggelò ogni respiro.

Il tempo si fermò.

Tutti gli occhi si posarono su quell'arma che brillava minacciosa sotto la luce tremolante delle lampade. Un battito di cuore. Uno solo.

Ma lo Straniero fu più veloce.

Con una calma disarmante, scostò il cappotto, rivelando l'impugnatura scura e metallica del revolver che portava al fianco. Sembrava antico — quasi un cimelio — ma a un occhio esperto era evidente che quell'arma raccontava un'altra storia. Il tamburo era massiccio, lavorato in lega stellare — la stessa usata per i reattori di fusione. Ogni camera custodiva una micro-cartuccia di plasma instabile, pulsante di energia blu come un cuore pronto a esplodere. Un cuore da 20 kJ in un istante[1]. Sei colpi in sequenza, e anche una corazza composita iniziava a fondere.

Lo sollevò senza fretta, come se fosse la cosa più naturale del mondo. Non c'erano proiettili là dentro. Solo celle di fusione ad alta concentrazione. Miniature di reattori. Instabili. Letali.

---

[1]   *Se rilasciata nell'arco di un secondo, equivale a circa 20.000 watt (20 kW). Nel revolver al plasma l'energia è concentrata in pochi millisecondi, con picchi nell'ordine dei megawatt. Un fucile d'assalto standard usa la stessa cartuccia per trenta colpi.*

Nessun mirino. Nessun display. Nessuna luce. Solo acciaio e volontà.

Lo Straniero non fece un passo.

Non serviva.

Un clic.

Profondo. Vibrante.

Il tamburo ruotò come il cuore di una macchina celeste che decide il destino degli uomini.

Poi un colpo. Uno solo.

Silenzioso. Deciso.

Un lampo di plasma blu attraversò il saloon incendiando l'aria.

Netto come una sentenza.

Colpì il bandito in pieno petto ed esplose all'impatto.

Fiamme blu lo avvolsero mentre il corpo veniva scaraventato all'indietro, schiantandosi contro la vetrina di un armadio di bottiglie di whisky.

Vetro, scintille e whisky piovvero sul pavimento.

Il corpo rimase steso tra i detriti, le fiamme blu che ardevano ancora in silenzio, come se qualcuno avesse spento la sua esistenza con un interruttore.

Per un istante, nessuno respirò.

Nemmeno il saloon.

Un silenzio strano, assoluto. Non di paura. Di rispetto. Di quel tipo di vuoto che si crea quando entra qualcosa che non appartiene più al mondo dei vivi, ma ne detta le regole.

E allora, come se una voce invisibile avesse attraversato le pareti, un pensiero si diffuse tra chi era presente. Un pensiero sussurrato, non detto, ma inciso a fuoco:

Non era un'arma. Era una sentenza.

Dietro il bancone, il barista smise di asciugare il bicchiere. Le mani, rugose e segnate da anni di risse e clienti perduti, si fermarono. Lo posò con lentezza sul legno consumato. Guardò il vuoto davanti a sé per un lungo istante, poi scosse appena la testa.

"Santo cielo..." mormorò, come chi rivede qualcosa che sperava di non dover più vedere.

"...ha tirato fuori quella."

Lo Straniero abbassò l'arma. Ancora fumante. La calma di chi ha già sparato troppo nella vita.

Un secondo colpo squarciò l'aria. Non veniva dallo Straniero.

Dalla penombra del locale, qualcuno stava sparando. Non alla cieca, non in preda al panico. Ogni colpo era preciso, chirurgico. E soprattutto, silenzioso. La figura si muoveva tra i fumi del saloon con una grazia che non apparteneva al caos. Appariva e spariva come un'ombra intelligente, invisibile tra le luci tremolanti e il riverbero degli spari.

Chiunque fosse, non era un improvvisato.

Era un professionista.

E sapeva esattamente dove colpire.

Lo Straniero non lo cercò. Sentiva che c'era, da qualche parte oltre la polvere, dietro una colonna o fra le travi annerite del soffitto. Ma il suo istinto gli diceva una cosa sola: non era un uomo. Quel modo di muoversi, quella velocità controllata, quella freddezza. Non era solo efficienza. Era stile. Era intuito.

Lo Straniero fece roteare la pistola nella fondina, con lentezza quasi teatrale. Poi si voltò verso il saloon devastato e, con un mezzo sorriso stanco, disse:

"Allora... dove eravamo rimasti?"

Qualcuno ebbe ancora la pessima idea di alzarsi. Non durò molto. Un colpo e uno sparo — uno familiare, uno no — e la festa fu ufficialmente chiusa.

Quando l'ultimo dei suoi assalitori crollò a terra, Lo Straniero si fermò. Solo un istante. Il fumo si aggirava attorno a lui come un fantasma, e il suono delle ultime bottiglie rotolate si perdeva nel silenzio che aveva inghiottito il locale. Sembrava finita.

Poi lo sentì.

Un click. Un sibilo. Un comune blaster che si caricava.

Troppo vicino.

Il primo dei mercenari, quello che aveva ricevuto la bottiglia in testa all'inizio, si era rialzato. Barcollava, il volto coperto di sangue e whisky rappreso. Ma aveva ripreso l'arma. E ora gliela puntava dritta alla tempia. Il suo respiro era spezzato, ansimante, il ghigno storto da ubriaco e pazzo.

"Adesso basta," ringhiò, con la voce impastata. "Ora verrai con noi, fottuto bastardo !"

Lo Straniero non si mosse.

Sentiva il calore del blaster contro la pelle, il bordo del metallo che premeva leggermente sotto l'orecchio. Era troppo vicino per reagire, troppo tardi per una mossa elegante.

Il locale era pietrificato. Nessuno osava parlare, nessuno respirava. Solo un bicchiere, da qualche parte, rotolò sul pavimento con un suono vuoto, stanco.

Poi, un altro click. Ma questa volta... non era il suo. Era un sibilo diverso. Più sottile. Più raffinato. Più letale.

E proveniva da dietro al mercenario.

Una voce femminile gli arrivò all'orecchio. Calma. Affilata come una lama temprata. E con quella calma che è peggio di qualunque urlo, sussurrò:

"Non è molto corretto."

Il mercenario si irrigidì. Un secondo. Uno solo. Tanto bastò.

Un movimento secco, deciso. Il blaster gli volò via dalle mani, rimbalzando due volte sul pavimento e fermandosi accanto a una sorta di vecchio pianoforte scordato. Il suo respiro si bloccò, il corpo teso. E ancora quella voce, ironica ma inesorabile:

"Ecco, bravo ragazzo. Ora torna pure a divertirti."

Lo Straniero si voltò, istintivamente, con quel riflesso affinato da anni di pericoli, e in mezzo al fumo danzante e alle ombre inquiete del saloon, la vide. Solo per un istante, ma fu sufficiente.

Era una donna.

Bruna, dallo sguardo magnetico, occhi d'un azzurro profondo, scolpiti come vetro liquido. I lineamenti erano netti, fermi, segnati da una bellezza che non cercava attenzione, ma che la imponeva.

I capelli lunghi si muovevano lenti, come sospinti da un vento che soffiava solo attorno a lei, mentre la luce tremolante ne sfiorava il volto, rivelandone i tratti fieri, sfuggenti, come un ricordo che si afferra per un attimo... e poi svanisce.

Il suo sguardo era un abisso vivo, capace di contenere tempeste e silenzi, distanze e ritorni.

Occhi che non chiedevano conferme.

E per un istante, incrociarono i suoi.

Occhi di ghiaccio.

Poi lei svanì.

Con un solo passo, dissolta tra le colonne e il fumo, lasciando dietro di sé solo la certezza di essere stata lì. E nel silenzio che seguì, Lo Straniero rimase immobile, consapevole di avere visto qualcosa che il tempo stesso avrebbe avuto difficoltà a cancellare.

Bella. Misteriosa. Letale.

E soprattutto, non era dalla parte sbagliata della canna della pistola.

Ma non c'era tempo per lei.

Il mercenario appena disarmato ruggì, afferrò una bottiglia da un tavolo, la spezzò con un gesto rabbioso, e si lanciò verso Lo Straniero.

Lui non arretrò.

Un passo laterale, una torsione del busto, e il colpo fu deviato nel vuoto.

Un pugno al volto.

L'uomo crollò come un sacco pieno di ossa rotte. Un secondo nemico arrivò subito dopo: coltello in mano, occhi folli.

Lo Straniero lo fissò. Immobile.

Quando l'altro affondò il colpo, lui gli afferrò il polso al volo, bloccò il braccio e, con uno scatto secco dei fianchi, lo sollevò e lo scaraventò in avanti. L'uomo volò per un paio di metri, diretto contro un vecchio frigobar con il logo della Cola Dream stampato sul lato.

La sua testa sfondò lo sportello a vetri.

Un'esplosione di schegge, bottiglie che rotolavano ovunque, birre che schizzavano, e lattine di Cola Dream che si riversavano a terra tra spruzzi di schiuma.

Il corpo del mercenario scivolò giù lentamente, senza un suono, affondando tra vetri rotti e bibite che gocciolavano sul pavimento.

Poi...
Silenzio.

L'eco della battaglia svanì in un respiro affannato, nel sibilo lontano del neon che tremolava sopra il bancone. Lo Straniero si chinò, raccolse una lattina di Cola Dream ancora fredda caduta dal frigobar distrutto.

"Questa almeno è fresca."

L'aprì con un *psshh* netto e ne sorseggiò un lungo, soddisfatto sorso.

Si guardò intorno.

Gli assalitori erano spariti, e con loro anche quella donna misteriosa.

Chi diavolo era?

Si passò una mano sulla mascella indolenzita, poi scosse la testa con un mezzo sorriso stanco.

Non aveva tempo per lei. O almeno — non adesso.

Con il fiato ancora leggermente corto tornò al bancone. Si versò un altro bicchiere di whisky, ci aggiunse un po' di Cola Dream e si lasciò cadere sullo sgabello con un sospiro pesante. La serata aveva preso una piega interessante: quegli uomini — e lei.

E qualcosa gli diceva che con quella donna non era finita lì.

Ma per il momento aveva altro a cui pensare.

Gettò una manciata di crediti sul bancone.

"Per i danni."

Il barista li prese senza dire una parola, lo sguardo impassibile, come se scenate del genere fossero all'ordine del giorno. Lo Straniero si scrollò la polvere di dosso, fece ruotare il bicchiere tra le dita. Il ghiaccio tintinnò piano, quasi a voler cancellare il rumore dei colpi e dei vetri infranti.

Bevve un sorso lungo, lasciando che il mix di whisky e Cola Dream gli scivolasse in gola: dolce, ruvido, caldo.

Un sapore che si sposava bene con la notte e con i lividi.

Poi alzò lo sguardo verso il barista.

La voce calma, misurata.

"Chi erano quelli?"

Il barista lo fissò un istante, poi alzò le spalle.

"Non lo so. Ma quelli come te attirano solo guai."

Lo Straniero sorrise appena.

"Ah, ma non è colpa mia."

Il barista non rispose subito. Continuò a strofinare un bicchiere come se quel vetro avesse qualcosa da confessare. Dopo un lungo momento di silenzio, borbottò:

"Ascolta — tu mi sembri una pistola onorevole. Ma non credo serva che ti dica che qui non tutti lo sono."

Lo Straniero lo osservò un istante.

Poi fece un leggero cenno con la testa.

Messaggio ricevuto.

Aspettare lì era ormai inutile.

Il suo contatto non sarebbe arrivato.

Doveva trovarlo lui.

O almeno scoprire dove fosse finito il manufatto rubato.

Ma dove?

Finì l'ultimo sorso del suo whisky & Cola Dream, posò il bicchiere e si alzò.

La porta del bar si chiuse alle sue spalle con un sibilo metallico. L'aria di Lost Treasure lo avvolse subito: densa di umidità, carburante e polvere. Fece un paio di passi nella notte della colonia, lasciandosi alle spalle il caos del bar.

Sopra di lui, il cielo si stendeva in un abbraccio surreale.

La nebulosa di Lamia dominava l'orizzonte con il suo bagliore azzurrognolo, pulsante come un respiro cosmico, mentre sul terreno la nana rossa lontana proiettava un riflesso basso e rossastro, come brace sepolta sotto la sabbia. Il contrasto tra il blu glaciale del cielo e il rosso caldo della terra dava alla colonia un'aura quasi irreale, sospesa tra sogno e pericolo.

Il vento caldo portava con sé il suono lontano di motori, di voci basse che trattavano affari loschi, di promesse di guai.

Lo Straniero inspirò lentamente.

La notte era appena cominciata.

Fu allora che la vide.

Era seduta su una cassa, appena fuori dal cono di luce di un lampione traballante. I neon intermittenti di un'insegna riflessero per un istante il bagliore nei suoi occhi azzurri.

Lo Straniero si fermò a pochi passi.

Lei incrociò le gambe con noncuranza, inspirò lentamente dal sigarillo che teneva tra le dita e soffiò il fumo di lato, senza mai distogliere lo sguardo da lui.

"Finalmente." La sua voce era calma, quasi divertita. "Ti stavo aspettando."

Lui la osservò meglio.

Indossava una giacca di pelle aderente, aperta sopra una camicia tattica a vita corta, sbottonata quanto bastava per lasciare intravedere il giusto. Pantaloncini corti e aderenti, cinturone carico di munizioni e blaster, un paio di stivali consumati dal viaggio.

Una donna così, in un posto come quello?

Solo una fonte di guai.

Stranamente, di quelli che gli piacevano.

Il tempo si distese in qualche secondo di silenzio. Lui si passò la lingua sul labbro spaccato, scrollò la testa con un sorriso stanco, poi finalmente chiese:

"Chi diavolo sei? E perché mi hai aiutato?"

Lei inclinò appena la testa, con un sorriso che giocava sul confine tra la sfida e il divertimento.

"Forse mi piacciono le cause perse."

Lui sollevò un sopracciglio. "O forse perché sono bello."

Lei ridacchiò, abbassando appena lo sguardo, poi lo riportò su di lui, più diretto, più intenso.

"Forse."

Fece un'altra pausa, il sorriso ancora accennato sulle labbra.

"O forse c'è dell'altro."

Lo Straniero rimase fermo. La studiò con attenzione, come si fa con un'arma lasciata incustodita su un tavolo: affascinante, letale, da maneggiare con cautela.

Era strano.

Si erano appena conosciuti. Non si erano nemmeno sfiorati.

Eppure, c'era già elettricità nell'aria.

Lei lo stuzzicava, lo provocava, ma lui le rispondeva impassibile, come se non gli importasse nulla. Era come un gioco. Un gioco pericoloso, sottile, fatto di sguardi e parole affilate.

E dannazione, entrambi sapevano giocarlo maledettamente bene.

Lo Straniero si accese un sigaro. Il tabacco prese fuoco con un bagliore rosso che si rifletté nei suoi occhi per un istante. Inspirò lentamente, lasciando che il fumo denso gli riempisse la bocca e il palato, poi lo soffiò via in un respiro lungo e misurato, come se volesse svuotare anche i pensieri.

L'intera colonia sembrava sospesa in quell'istante. La notte di Lost Treasure era un dipinto fatto di luci e ombre, di polvere e sogni spezzati.

Lo Straniero prese un altro tiro dal sigaro, lasciò che la brace ardesse lenta, mentre i suoi pensieri si perdevano nel riflesso delle stelle. Continuò a guardarla, il cappello leggermente alzato, mentre fumava il sigaro con calma misurata. Il suo sguardo, dagli occhi di ghiaccio, sembrava scrutare dentro di lei, scavando fino all'anima.

"Beh, ti ringrazio per prima."

La sua voce era bassa, graffiata dal fumo e dalla polvere. "Magari un giorno ti offrirò un whisky."

Una pausa.

Poi, con un tono più deciso: "Ora però devo andare."

Chiuse la conversazione senza darle spazio per replicare. Non aveva tempo per giochi. Si voltò e si avviò lungo la strada polverosa, lasciandola lì, senza voltarsi indietro.

Dannazione.

Lei si morse il labbro, il cuore che le batteva troppo veloce per i suoi gusti. Che diavolo c'era in quell'uomo?

Scese dalla cassa di scatto e gli andò dietro.

"Aspetta."

Lo afferrò per un braccio. Fu come una scarica elettrica. Lo Straniero si bloccò, una scintilla nel petto.

Che diavolo… ?!

Si voltò. Lo sguardo di lei, vicino. Troppo vicino.

Le sue labbra appena dischiuse, il respiro caldo sulla pelle.

"So che stai cercando l'archeologo."

Le parole lo riportarono alla realtà in un istante.

"E io so dove si trova."

Lo Straniero si riprese subito. Il suo volto tornò impassibile.

"Dove?"

Lei non distolse lo sguardo. "In una miniera abbandonata, poco fuori città."

Una pausa. Poi aggiunse, con un mezzo sorriso:

"Ma non conviene girare le foreste di Loren Prime di notte. Ci sono animali pericolosi."

Lui tirò un'altra boccata dal sigaro, lasciando che il fumo si dissolvesse nell'aria tra loro.

"Bene." Si voltò.

"Tu resta qui." E si avviò senza attendere una sua risposta.

Dannazione!

Lei serrò i denti. Ma chi diavolo si credeva di essere?

Gli andò dietro ancora, questa volta camminando decisa al suo fianco.

"E va bene, almeno stammi a sentire."

Lui la osservava senza dire nulla, il sigaro che ardeva lentamente tra le dita.

Attraversarono le piattaforme di atterraggio della cittadina, dove il terreno era battuto e segnato dai segni di vecchi motori, con qualche nave mercantile parcheggiata sotto luci tremolanti.

Lei lo scrutò di lato.

"Cos'è, vuoi andarci in volo?" Lo stuzzicò, con un sorriso di sfida.

Lui non rispose. Non ne aveva bisogno. Si fermò accanto alla sua nave, digitò un codice sul pannello, e con un sibilo idraulico, il portello hangar inferiore si aprì lentamente. Dall'oscurità del vano emerse un hovercraft a quattro posti, compatto, corazzato, con i motori pronti a sollevare polvere al minimo impulso.

Lei inarcò un sopracciglio.

"Però…"

Lo Straniero espirò il fumo con calma, guardandola di lato. La partita era appena cominciata.

Unità Alfa-21 eliminate in 6 minuti.

Nessuna comunicazione.

Nessuna traccia rilevata.

Ultimo log:

'Si muovono nel buio... occhi letali nella notte.'

— Rapporto classificato – Missione di ricognizione nelle foreste di Alkharan

Archivio Militare A.T.S.

Capitolo II

"Sali, se non vuoi restare qui."

La voce dello Straniero era priva di esitazione mentre prendeva posto ai comandi. Lei lo fissò per un istante, poi saltò a bordo, con la stessa disinvoltura con cui si sarebbe infilata in un gioco rischioso.

La cupola trasparente si richiuse con un sibilo, sigillando l'interno del mezzo. Un leggero campo di forza si attivò lungo la struttura, avvolgendoli in una tenue luce azzurra.

Lanciò un'occhiata veloce all'interno, passando in rassegna i dettagli:

- Interni rinforzati, consolle essenziali, ma con strumentazione avanzata.
- Due torrette automatiche integrate ai lati, silenziose, letali.

Un mezzo militare leggero.

"È quello che sembra."

Lui non aveva nemmeno bisogno di guardarla per sapere cosa stesse pensando. Lei incrociò le braccia, un sorriso appena accennato sulle labbra. Interessante.

I motori ronzarono con un suono profondo, e l'hovercraft si alzò leggermente dal suolo, scivolando in avanti con un'accelerazione fluida.

Si avviarono verso il sentiero nelle foreste pluviali di Loren Prime, attraversando le gole profonde dei canyon, mentre i fari tagliavano la notte, illuminando la vegetazione selvaggia e le rocce scure.

Per un tratto, alla sinistra del sentiero, correva una linea innaturale: due binari metallici opachi, interrotti e piegati, che affioravano dal terreno come una cicatrice dimenticata. La affiancavano a distanza, diretti, ostinati, scomparendo a tratti sotto la sabbia e le radici della giungla.

La giungla aliena si estendeva ai lati, le sue ombre si muovevano appena sotto il chiarore delle lune.

"Procedi fino a dopo i canyon, poi sali verso le montagne."

La voce di lei ruppe il silenzio, con un tono pratico, deciso.

Un attimo di pausa. Poi aggiunse, con naturalezza:

"Comunque, mi chiamo Lyra. Lyra Velis."

Lo Straniero accennò un cenno con il capo, lo sguardo fisso sulla strada.

"Piacere, Lyra."

Silenzio.

Solo il rumore del motore e il fruscio del vento caldo sulla lamiera.

Qualche secondo dopo, lei lo scrutò di lato, con un mezzo sorriso.

"E tu? Un nome ce l'hai?"

Lui tirò una boccata dal sigaro, il bagliore rossastro si rifletté per un attimo nei suoi occhi chiari.

Espiro lento. Calmo.

"Il mio nome non ha importanza."

Lyra non insistette.

Ma registrò quella frase.

E quegli occhi.

Azzurri come il ghiaccio.

Difficili da dimenticare.

E la notte di Loren Prime continuava a scorrere davanti a loro, carica di ombre, segreti... e promesse pericolose. Lo Straniero la osservò di lato, il sigaro acceso tra le dita mentre il mezzo sobbalzava lungo il sentiero accidentato.

"Perché lo fai?" chiese infine, senza distogliere lo sguardo dalla strada. "Perché mi aiuti?"

Lyra si lasciò sfuggire un sorriso.

"Adoro mettermi nei guai."

Una pausa. Poi aggiunse, con tono disinvolto:

"E voglio una parte della ricompensa."

Le traverse dei binari catturarono per un attimo la luce della nebulosa di Lamia e della nana rossa, come se ricordassero un'epoca in cui quel tracciato era ancora vivo.

Ci stava.

Una risposta sensata.

Eppure, qualcosa gli diceva che non era tutto.

Lyra si sporse leggermente in avanti, indicando con la mano un bivio.

"Gira di qui. Dove si inerpicano i vecchi binari."

Lui sterzò a sinistra, seguendo il nuovo sentiero che saliva verso le montagne. La foresta iniziava a diradarsi, lasciando spazio a praterie rocciose, illuminate da riflessi bluastro-cremisi che sembravano pulsare sulle rocce come antiche vene minerali, accese dalla luce aliena della nana rossa.

Il cielo stellato incombeva su di loro, immobile e solenne, come un'antica mappa incisa sulla volta del tempo. La Nebulosa di Lamia, con le sue lingue di luce liquida e cangiante, si stendeva sopra la valle come un manto divino, velando l'orizzonte di bagliori iridescenti. In lontananza, i profili delle rocce affioravano come sculture di un sogno, scolorate in toni ambigui, sospese tra il blu e il cremisi, in un paesaggio dove il confine tra materia e visione sembrava dissolversi nel respiro profondo della notte.

Sul fondo della valle, qualcosa si muoveva.

Una linea lunga e scura, scandita da bagliori intermittenti. Le rotaie scintillavano a impulsi brevi e innocui, come se la linea stesse ancora ricordando il peso dei convogli che l'avevano attraversata. Un convoglio, forse. L'ombra di un passato più prospero che avanzava lenta lungo un tracciato ancora attivo.

Doveva esserci un'altra linea dall'altro lato della montagna, un vecchio collegamento che scendeva verso la valle. Lo Straniero non disse nulla, ma tenne a mente quella riflessione. *Il mondo era più grande di quanto apparisse.*

Nel cuore di quel silenzio cosmico, Lyra parlò. La sua voce si insinuò nell'abitacolo come un pensiero non detto, tagliando l'aria densa di tensione.

"E poi..." mormorò, quasi distrattamente.

Si voltò verso di lui, gli occhi azzurri – intensi, profondi – riflessi nei comandi dell'hovercraft come due fari in un mare di elettronica silenziosa.

"Mi piaci."

Lo Straniero non rispose. La guardò un instante, il fumo del sigaro che si dissolveva lento tra loro, come una promessa bruciata a metà, una linea sottile che li divideva e li univa allo stesso tempo.

Diretta. Spregiudicata. Bellissima. Un guaio. Il suo tipo. La testa gli diceva chiaramente di starle lontano. Ma la testa non aveva mai avuto il controllo in certe situazioni.

Stringendo le labbra attorno al sigaro, tornò a guardare fuori. Fermò l'hovercraft a pochi metri dalla miniera e dal vecchio tracciato, le rotaie consumate e opache che conducevano dritte verso l'ingresso come una promessa ormai dimenticata. Il motore ronzò ancora per qualche secondo, poi tacque, lasciandoli immersi nel respiro sospeso della notte stellare.

Inspirò un'ultima volta, sentendo il sapore amaro e familiare del tabacco mescolarsi a quello della polvere. Poi spense il sigaro con un gesto lento e deciso, lasciando cadere la brace nel posacenere.

"Tu guida."

La voce era un comando, basso e certo. Non c'era spazio per esitazioni.

Lyra lo fissò, le braccia incrociate, il mento leggermente alzato come se volesse sondare le sue intenzioni.

"E tu?"

Lui indicò l'ingresso della miniera, illuminato da una torre faro distante. Una sagoma armata si muoveva pigramente, ignara. Un bersaglio.

"Distrailo. Io entro da dietro."

Un battito di silenzio. Poi Lyra sorrise. Quel sorriso lento, inclinato, che sapeva di sfida e promesse sussurrate.

"Ok..."

Lo Straniero si fermò un istante, scrutando la struttura di metallo piegato, la passerella dissestata che sembrava tenuta insieme da pura rassegnazione. Scrollò leggermente la testa.

"Linee dritte e sistema metrico... due cose che non hanno mai visto." mormorò.

Lyra per poco esplose in una risata

"Aggiungi un po' di buon senso... e abbiamo il set completo."

Lui non rispose. Ma il sorriso di lei attraversò i suoi occhi come un fulmine silenzioso.

La cupola si aprì con un sibilo. Il vetro si sollevò e, per un istante, l'oscurità lo accolse come se lo stesse aspettando. Scese in silenzio: i suoi stivali affondarono lievemente nella sabbia, senza lasciare rumore. Solo il vuoto, a respirare insieme a lui.

Lyra lo seguì con lo sguardo. Rimase ancora un istante, immobile. Poi le mani tornarono ai comandi. Mentre la cupola si richiudeva, l'hovercraft si mosse, silenzioso, come un'ombra liquida tra le rocce, scivolando verso l'ingresso.

Il motore si allontanò, smorzato, fino a dissolversi nel buio.

Lo Straniero attese, il corpo immobile contro la luce pallida della torre. Il volto era una scultura di silenzio e tensione. Gli occhi fissi sulla miniera. Non pensava. Non dubitava.

Poi si mosse.

Come un'eco di se stesso, svanì nell'ombra con la naturalezza di chi non ha mai avuto bisogno del giorno.

Il complesso minerario si stagliava nel buio, un ammasso di metallo e ruggine, con container accatastati e vecchie strutture industriali che sembravano sul punto di crollare. Una vecchia insegna arrugginita campeggiava all'ingresso della miniera abbandonata: Aurora Mining — il ramo minerario dell'Aurora Corporation, che un tempo gestiva il sito prima di abbandonarlo al suo destino.

Luci artificiali sfarfallavano in modo irregolare, gettando ombre spezzate sul terreno polveroso. L'aria era satura di umidità, ferro... e qualcosa di più sottile.

Pericolo.

Davanti all'ingresso principale, due banditi armati montavano la guardia, le mani pronte sui blaster.

Lyra fermò l'hovercraft con calma, scese con passo sicuro e si diresse verso di loro. Uno dei due alzò la mano, l'altra ben salda sulla fondina.

"Chi diavolo sei?" abbaiò, la voce ruvida come la lamiera del posto.

Lyra alzò le mani in segno di calma, senza perdere il sorriso.

"Tranquilli, sono qui per affari."

I due la osservarono con sospetto.

"Affari?" ripeté il primo, stringendo gli occhi.

"Ho sentito che avete roba interessante. Sono qui per fare acquisti. Manufatti, precisamente."

Un breve silenzio.

Le loro espressioni rimasero indecifrabili, ma i muscoli tesi tradivano la diffidenza.

"Chi ti ha mandato?" chiese l'altro, con un tono più tagliente.

Lyra si accarezzò il fianco, con un gesto studiato tra il rilassato e il provocatorio.

"Nessuno." Fece una pausa, poi aggiunse con più enfasi: "Di' al tuo capo che Lyra Velis è qui per fare affari. E ho crediti da spendere."

I due si scambiarono un'occhiata veloce.

Poi, dopo qualche secondo, il più alto annuì e si voltò, dirigendosi verso l'interno mentre attivava la radio sul polso.

Lyra restò in piedi, le mani rilassate lungo i fianchi.

Era fatta.

Ora doveva solo guadagnare tempo.

Mentre Lyra distraeva le guardie all'ingresso, lo Straniero, nascosto dietro un container arrugginito, scrutava l'area in cerca di un varco. Fu allora che lo vide. Un condotto di aerazione, abbastanza largo da permettergli di infiltrarsi.

Si arrampicò con agilità, afferrando una sporgenza e tirandosi su in un movimento fluido. Svitò la grata con movimenti rapidi e precisi, la posò senza far rumore e si infilò nel passaggio buio. Dentro, la miniera era molto più grande di quanto sembrasse dall'esterno.

Dai camminamenti superiori, poteva vedere il corridoio principale, dove Lyra veniva scortata all'interno. Si mosse silenziosamente lungo il passaggio metallico, osservando dall'alto mentre la donna avanzava con sicurezza. Seducente, ironica, perfettamente consapevole di ogni sguardo su di lei. Sapeva esattamente come attirare l'attenzione.

Ma lui non era lì per questo. L'archeologo. Il manufatto. Dovevano essere da qualche parte. Si spinse un po' più avanti, gli occhi attenti a ogni dettaglio, finché—

Una voce tuonò nella sala.

"Che cosa vuoi, Lyra?"

Lo Straniero si voltò e lo vide.

Il capo dei banditi.

Un uomo robusto, con una vistosa cicatrice che gli attraversava il volto e una grossa pistola appoggiata su un tavolo di metallo davanti a lui.

Lyra avanzò con eleganza, ignorando di proposito la tensione nella stanza.

"So che hai un certo manufatto... e un archeologo."

La sua voce era morbida, quasi divertita.

"Se me li vendi, ti pago bene."

Lo Straniero la osservava dall'alto.

Ogni movimento era studiato.

Ogni sfumatura della voce, ogni gesto, ogni sguardo era calibrato per ottenere esattamente quello che voleva.

Il bandito si sedette pesantemente, incrociando le braccia con un ghigno.

"Cos'è, vuoi cercare di fregarmi, Lyra?"

Lei si avvicinò, con calma assoluta, lasciando che le sue dita scivolassero lentamente lungo il bordo del tavolo.

"Oh, ma dai..." fece lei, inclinando leggermente la testa. "Secondo te sarei venuta tutta sola, di notte, in questo postaccio, solo per fregarti?"

Una pausa.

Poi, con un sorriso appena accennato:

"Io faccio sempre affari vantaggiosi. E so riconoscere un buon affare quando lo vedo."

Si avvicinò ancora di più, la voce appena un sussurro.

"E se concludiamo..."

Lo sguardo lo agganciò, fisso, penetrante.

"...potremmo anche divertirci un po' e festeggiare."

Una risata bassa, quasi un mormorio.

"...Non è quello che hai sempre voluto?"

Dall'alto, lo Straniero la seguiva con lo sguardo, ogni fibra del corpo tesa e silenziosa.

Era brava. Dannatamente brava. Sapeva esattamente come sedurre un uomo, come usare il suo corpo per ottenere quello che voleva. Diamine, probabilmente, se c'erano abbastanza crediti in ballo, sarebbe andata fino in fondo.

Eppure non era solo questo. C'era qualcosa di più. Una sfumatura nello sguardo, un'intenzione difficile da leggere.

Si arrampicò su un'asse, scivolando più avanti nel buio.

Ma la domanda era ormai lì, a mordere la mente.

Chi stava giocando con chi?

Lo Straniero si muoveva con estrema cautela, scendendo lentamente lungo una passerella metallica sospesa sopra l'area centrale della miniera. Ogni passo era silenzioso, calcolato, il metallo che scricchiolava appena sotto i suoi stivali.

Sotto di lui, il clangore di casse trascinate sul pavimento, voci basse, risate sporche. Un gruppo di banditi trafficava tra container arrugginiti e scatoloni mal chiusi, le ombre allungate dalle poche lampade instabili che tremolavano sulle pareti rocciose.

L'aria era densa di polvere, olio bruciato... e dell'odore familiare di posti come quello: disordine, sudore e pericolo.

Lyra stava prendendo tempo con maestria. Ogni gesto misurato, ogni sguardo calcolato. La risata sguaiata di un bandito rimbombò nella cavità, seguita dal tintinnio di bicchieri alzati, già mezzi ubriachi, grondanti sudore e arroganza. Due di loro si erano azzuffati tra le casse, rotolando nel fango e nel sangue, mentre l'alcol colava da bottiglie mezze rotte.

Il capo banda li osservava con un'espressione infastidita, ma non sembrava minimamente preoccupato.

Lyra, invece, era perfettamente a suo agio.

Sapeva esattamente cosa stava facendo.

Ma la vera partita... si stava giocando altrove.

Mentre i banditi continuavano a bere e a prendersi a pugni tra le casse, lo Straniero si muoveva silenzioso tra le ombre, avanzando sempre più in profondità nella miniera.

Nessuna traccia dell'archeologo.

Dannazione.

Il tempo stringeva.

Superò una coppia di guardie che ridevano tra loro, distratte, ignare del pericolo che si muoveva a pochi passi. Con un movimento rapido e controllato, afferrò una delle due per il collo, la trascinò nell'oscurità e la lasciò a terra priva di sensi.

L'altra si voltò appena in tempo per vederlo, ma non ebbe occasione di reagire.

Un colpo secco, preciso, lo colpì alla mascella.

Crollò senza un suono.

Lo Straniero li osservò per un istante, poi si rimise in marcia, scivolando nel buio della galleria come un'ombra tra le rovine. Avanzò più in profondità, seguendo il suono del silenzio. E poi lo trovò.

Victor Cavendish.

Era legato con corde spesse, seduto su una sedia malmessa in un angolo della miniera. I capelli arruffati, lo sguardo vigile, anche se il corpo mostrava segni di fatica. Ma gli occhi... Gli occhi erano brillanti di intelligenza. Non sembrava il tipo da spezzarsi facilmente. Lo Straniero si chinò e tagliò le corde con un coltello.

"Non c'è molto tempo per le presentazioni."

Victor si massaggiò i polsi, senza fare domande inutili.

"Dimmi che sei qui per me."

"Per te. E per il manufatto."

Victor annuì velocemente.

"È poco più avanti, nella stanza del capo banda."

Poi, quasi con rispetto, aggiunse:

"È un calice. Antico."

Lo Straniero non perse tempo.

"Andiamo."

La stanza del capo banda era ingombra di bottiglie, casse di munizioni e vecchie mappe sparse su un tavolo di metallo. Ma lì, al centro, illuminato da una lampada sfarfallante... c'era il calice. Un oggetto antico, elegante, con incisioni sconosciute che scintillavano nella luce. Lo Straniero lo prese con delicatezza.

Si voltò verso Cavendish, alzando un sopracciglio.

"È questo?"

Victor lo guardò con occhi pieni di ammirazione.

"Sì..." sussurrò. "Non hai idea di cosa stai tenendo in mano."

Lo Straniero sospirò.

"Non è il momento di scoprirlo."

Uscendo fuori gli venne un'idea. Semplice. Diretta. Pericolosa. I suoi occhi si posarono su una grossa macchina metallica, avvolta da cavi e tubature scintillanti. Il generatore della miniera.

Lyra è sveglia. Capirà cosa fare. Si spera.

Victor lo guardò con apprensione.

"Non so se è una buona idea..."

Lo Straniero non lo lasciò finire. Non c'era tempo per discussioni. Si avvicinò ai controlli e, con un gesto secco e preciso, tagliò l'alimentazione. Un rumore metallico, netto, e il generatore si spense. Le luci tremolarono per un istante.

Poi tutto si spense.

Silenzio.

Buio assoluto.

Nel complesso esterno, il capo banda si alzò di scatto, la voce tuonante nel buio.

"MA CHE DIAVOLO STA SUCCEDENDO?!"

Un bandito inciampò, rovesciando casse e bottiglie.

"La luce! Ripristinate subito la luce!"

Alcuni presero delle torce, i fasci luminosi ballavano nel buio come spettri impazziti.

Lyra si mosse con calma assoluta. Senza farsi notare, si disimpegnò lentamente, mescolandosi al caos. Il momento era arrivato.

La miniera era immersa nel buio.

Solo la luce pulsante del revolver al plasma dello Straniero fendeva l'oscurità, gettando bagliori intermittenti sulle pareti umide e sulle strutture metalliche corrose dal tempo. Camminavano velocemente, ma con attenzione. Ogni tanto lo Straniero spegneva la luce, rimanendo immobile nell'ombra, ascoltando. Victor Cavendish lo seguiva da vicino, il respiro misurato, ma negli occhi c'era tensione.

Poi, dall'esterno, giunse il primo suono. Un ruggito profondo. Lento. Gutturale. Affamato. Il capo banda si voltò di scatto, mentre i suoi uomini si guardavano confusi.

"Avete sentito anche voi?"

Un altro ruggito. Più vicino. La miniera sembrava respirare, qualcosa si stava muovendo nell'ombra. Poi, un urlo improvviso. Una delle guardie all'ingresso fu risucchiata nell'oscurità. Un sibilo, un movimento fulmineo, un corpo trascinato via. Un tonfo secco. E poi solo silenzio.

"CHE DIAVOLO È STATO?!" gridò un bandito, puntando il blaster nel buio.

Le torce si alzarono, i fasci di luce tremolanti sulle rocce, cercando qualcosa che non volevano trovare. Un graffio contro la pietra. Poi un altro. Un'ombra scivolò tra i container, sguardi luminosi emersero nel buio, solo per sparire di nuovo. Un secondo urlo soffocato. Un altro uomo scomparve nella notte.

Il capo banda era furioso.

"RIACCENDETE LA LUCE! SUBITO!"

I banditi si precipitarono verso il generatore, cercando disperatamente di riavviare il sistema. Troppo tardi.

Le bestie erano già nella miniera.

Un lampo cremisi squarciò l'oscurità. Un colpo sparato alla cieca. Poi il caos esplose.

I ruggiti si moltiplicarono, riecheggiando tra le pareti come un'onda di pura furia. Le ombre si mossero veloci, troppo veloci per essere seguite. Creature indistinte, artigli che laceravano carne viva, urla soffocate che si spegnevano in gorgoglii agghiaccianti. I banditi, presi dal panico, sparavano in ogni direzione, colpendo più se stessi che i nemici invisibili. L'odore acre del plasma si mescolava a quello del sangue.

Il capobanda continuava a urlare ordini, la voce roca che cercava di farsi largo nel frastuono, ma ormai nessuno lo ascoltava più. Le sue parole si perdevano nella confusione, inghiottite dal caos che dilagava nella miniera.

"Dannata Ombra di Aelyane!" ruggì, voltandosi verso Lyra, gli occhi iniettati di rabbia cieca.

Ma lei non era più lì.

Si era già sganciata, rapida, agile, risalendo senza sforzo i camminamenti superiori tra cavi e grate metalliche. Amava quel soprannome. Lo portava come una firma. Come una promessa.

I suoi passi erano leggeri, misurati, eppure impossibili da seguire con lo sguardo. Un ultimo cenno al mondo che lasciava sotto di sé: si voltò per un istante, appena, e nella luce tremolante di una vecchia lampada il suo viso si scolpì nel buio.

Sorrise tra sé e sé, mentre ricaricava la pistola con calma perfetta. Non era fretta, era lucidità. Sicurezza.

Aveva già scelto il prossimo passo.

Poi sparì, inghiottita dall'ombra, con la stessa eleganza affilata di un pugnale che scivola silenzioso nella notte.

Uno dei banditi, forse il più giovane, gettò via il fucile ancora caldo e si lanciò in una corsa disperata lungo la galleria secondaria, le suole pesanti che slittavano sulla polvere metallica e sul sangue.

Il respiro gli bruciava nei polmoni. "Via da qui... via da qui...!" ripeteva tra i denti serrati come un mantra spezzato. L'elmetto gli sbatteva contro la testa a ogni passo, ma non osava fermarsi. Dietro di lui, il suono degli spari si affievoliva, sostituito da altri suoni: strisciamenti, graffi sulle pareti, un sibilo basso e costante. Un sussurro vivo, come se le creature non stessero inseguendo... ma giocando.

La luce d'emergenza illuminava a intermittenza i corridoi. Rosso. Nero. Rosso. Nero.

All'improvviso, la parete alla sua sinistra sembrò muoversi. Qualcosa si staccò dalle ombre. Qualcosa di troppo silenzioso. Una figura lunga, affilata, con occhi che brillavano come fendenti di ghiaccio nel buio.

Il bandito urlò. Prese la pistola. Uno sparo. Mancato. Il colpo rimbalzò contro le pareti come un urlo disperato.

Provò a correre ancora, le gambe che tremavano, il fiato che diventava singhiozzo. Ma il pavimento era scivoloso. Inciampò. Cadde.

Riuscì a girarsi su un fianco, il blaster puntato tremante verso il nulla. Non fece nemmeno in tempo a finire la frase. Un'ombra si staccò dalla parete e lo avvolse in un battito di ciglia. Nessun urlo. Solo un tonfo sordo. Poi, il silenzio tornò a regnare.

Più in fondo, Lyra si fermò per un istante. Non era stato un suono a bloccarla. Non un grido, né un colpo secco. Era stato il vuoto improvviso che resta quando qualcuno smette di esserci. Quel tipo di silenzio aveva un sapore preciso. Freddo. Definitivo. Un silenzio che non lascia dubbi.

Sorrise appena, inclinando il capo come una danzatrice che attende il cambio di battuta. Un gesto lieve, istintivo. Poi riprese a muoversi, senza esitazione. Era un'ombra nell'ombra. Scivolava tra metallo e fumo, tra luci tremolanti e muri anneriti. Quella miniera non era più una trappola: era la sua danza. E lei, la sua regina.

Solo per un istante sollevò lo sguardo verso l'alto. Le creature non si vedevano, ma lei sapeva che erano lì. Sempre un passo avanti. Sempre in ascolto. Qualcosa nell'aria le tradiva. Una tensione, un battito, un fremito nell'oscurità.

Non le comandava, ma danzava con loro, e quella notte, il ritmo era perfetto.

Più indietro al riparo dietro una paratia di carrelli minerari rovesciati, tre banditi sedevano rannicchiati, il volto sporco di polvere e paura. Le luci intermittenti creavano ombre che si allungavano e si ritraevano sulle pareti, come dita pronte a ghermirli.

"È tutto sbagliato..." mormorò uno, scuotendo il capo. "Non dovevamo prenderlo. Né lui né quella roba."

"Chi?" ringhiò un altro, la voce bassa ma tesa. "L'archeologo?"

"Lui, sì. E il calice. Quella cosa... sembrava viva. Avete visto com'era incrostata di simboli? Non era come il resto dell'oro. Era... diverso."

Il terzo bandito, il più giovane, abbassò lo sguardo. Aveva ancora le mani sporche del sangue di uno dei suoi compagni. "L'oro... era quello che ci serviva. Rapidi, dentro e fuori. Ma il capo ha voluto strafare. Ha detto che l'archeologo era la chiave. Che il calice valeva più di tutto il resto messo insieme."

"E adesso?" sibilò il primo. "Adesso siamo intrappolati con quelle... cose. E secondo te perché ci stanno venendo addosso così? Perché ci stanno massacrando nel buio?"

Il silenzio calò per un momento, spesso come piombo.

Poi, con un tono quasi di rassegnazione:

"Perché abbiamo disturbato qualcosa che non andava toccato."

Fu allora che uno dei tre puntò l'arma nel vuoto e gridò nel buio: "Prendete il calice! Non noi! Lui è la maledizione, non noi!"

Ma nessuna risposta arrivò.

Solo il suono, ovattato e lontano, di qualcosa che si muoveva... in attesa.

Il silenzio si fece di nuovo pesante. Uno dei banditi, con la voce roca e lo sguardo allucinato, sussurrò: "Forse è lui il problema."

"Chi?" chiese un altro, nervoso.

"L'archeologo. Quel tizio... non è normale. Avete visto come si muoveva tra le rovine? Sembrava che sapesse cosa cercare. E quelle parole che ha detto quando abbiamo preso il calice... non erano in nessuna lingua conosciuta."

Un terzo bandito, più giovane, deglutì. "Stai dicendo che è uno stregone?"

"Forse. Forse non l'abbiamo rapito noi. Forse ha lasciato che lo prendessimo. Forse ci ha usati."

Si scambiarono uno sguardo carico d'ansia. Poi, quasi senza parlare, si diressero verso la cella dov'era tenuto l'archeologo.

Quando arrivarono, si bloccarono all'istante.

La porta era aperta.

Le catene abbandonate sul pavimento, come se nessuno le avesse mai chiuse.

"Dove sono le guardie?" mormorò il più giovane, già con il fiato spezzato.

Nessuno rispose.

Fu solo quando uno di loro fece un passo in avanti, alzando la torcia, che le vide.

Accasciate nell'angolo buio della stanza, le due guardie giacevano a terra. Vive, forse... ma incoscienti. Una scia di sangue scuro si allungava dalla testa di uno dei due.

"Colpite alla nuca," sussurrò il più anziano. "Preciso. Silenzioso."

"Allora la ragazza non era sola," disse l'altro. "Lo Straniero... lo ha liberato."

Un silenzio carico di presagi calò su di loro.

Poi, una frase, quasi un pensiero ad alta voce:

"Dovevamo solo prendere l'oro. Lasciare il calice. Lasciare l'archeologo. E andar via."

Ma ormai... era tardi.

E il buio li stava ascoltando.

Nell'ombra, lo Straniero osservava tutto. Aspettando il momento giusto. Poi lo trovò. Mentre il caos consumava i banditi, prese la mira e sparò. Due colpi secchi. Due banditi caddero senza nemmeno capire da dove fosse arrivato il colpo.

"Di qua!" indicò a Cavendish, muovendosi velocemente.

L'archeologo non esitò, seguendolo mentre le urla continuavano dietro di loro. La miniera tremava sotto il peso del caos. Lo Straniero corse avanti, scansionando l'area con lo sguardo.

Camminamenti superiori.

L'unica via di fuga.

Si fermò.

"Arrampicati."

Victor lo guardò per un istante, poi annuì. Si aggrappò alla struttura metallica, le mani che scivolavano leggermente sulla polvere.

Lo Straniero lo spinse su.

"Vai, vai, vai!"

Le grida dei banditi si mescolavano ai ruggiti delle creature, alle esplosioni di colpi di blaster, alla puzza di carne bruciata. Un ultimo grido. Poi il buio assoluto. Ora erano soli sopra il massacro. La miniera era diventata un inferno.

Il bagliore improvviso della luce lo colpì in pieno volto. Lo Straniero si fermò sul camminamento superiore, il cuore che batteva forte nel petto, mentre gli occhi si adattavano lentamente al ritorno della luce artificiale. Per un istante rimase immobile, lasciando che la vista si stabilizzasse, poi si voltò a guardare sotto di sé.

Dannazione.

Erano finalmente visibili.

Si muovevano tra le ombre come spiriti predatori, enormi, massicce, con l'incedere silenzioso di chi è abituato a cacciare nel buio. Sembravano leoni, ma molto più grandi, quasi quanto un bisonte, un bisonte felino, e la loro pelliccia nera rifletteva appena la luce fioca delle lampade appese alle pareti rocciose. Era un nero denso, saturo, che sembrava inghiottire il chiarore artificiale anziché riffletterlo. Gli occhi, invece, brillavano — due fessure luminose e affamate, puntate in avanti con la fissità glaciale dei predatori.

Le zampe, ampie e muscolose, affondavano nel terreno lasciando solchi profondi, mentre artigli lunghi e affilati come lame scorrevano sulla pietra con un suono basso, continuo, sinistro. Si muovevano tra i resti della battaglia con la precisione innata di creature nate per uccidere. Non c'era esitazione nei loro movimenti, solo pura efficienza istintiva. Muscoli, fango e morte. Nessun suono, nessuna parola.

Lo Straniero si sporse appena dal bordo del camminamento, gli occhi fissi su di loro, attento a ogni variazione nel ritmo dei loro passi. Non era poi troppo sorpreso. Quelle creature non erano un mistero per lui. Le conosceva. Le aspettava.

Leoni di Alkharan.

Lo Straniero osservava in silenzio. I Leoni si muovevano nel buio come ombre vive, i muscoli che si tendevano sotto la pelliccia nera, gli occhi rossi fissi sulla preda. Lentamente, le lame degli artigli graffiavano la roccia, lasciando solchi profondi nel silenzio.

Lyra glielo aveva detto, con quel tono ruvido da ragazza che conosce la morte troppo bene: "Ma non conviene girare le foreste di Loren Prime di notte. Ci sono animali pericolosi." Non l'aveva ascoltata. Non perché non le credesse. Ma perché era preparato. Aveva scelto l'hovercraft corazzato apposta. Per ogni evenienza. Per notti come questa. Su mondi come questo.

E adesso, eccole. Peggio di quanto i rapporti lasciassero intendere.

Alle sue spalle, l'archeologo si era fermato. La voce gli uscì bassa, quasi un pensiero ad alta voce.

"Le Foreste di Alkharan non sono come il resto del pianeta..."

Fece un passo avanti, lo sguardo incollato a quelle creature che si muovevano con un'intelligenza predatoria disturbante.

"Ci sono rovine laggiù. Non Ael'Tharun. Più antiche. Alcuni simboli... nemmeno la banca dati dell'Impero riesce a decifrarli."

Lo Straniero non si voltò. Ascoltava. Muto.

"L'Impero ha tentato di studiarle e prima di loro, le compagnie minerarie terrestri. Mandarono droni, ricercatori, perfino militari. Ma nessuno — è tornato con qualcosa di utile."

Una pausa pesò nell'aria. Il silenzio si fece più denso, come se anche la foresta trattenesse il respiro. Solo il rumore sommesso degli artigli che scavavano nella pietra continuava, costante, come un metronomo sinistro.

"C'è chi dice che siano nate lì — "

La voce dell'archeologo era ormai un sussurro.

"Quelle cose. I Leoni. Che siano usciti da sotto. O da qualcos'altro."

Deglutì piano.

"Non è un posto per gli esseri umani."

Poi fece un altro passo, come se le parole gli bruciassero ancora in gola.

"Alcuni simboli non coincidono. Non con la scrittura Ael'Tharun. È come se qualcosa fosse venuto prima di loro... o fosse rimasto dopo, sepolto sotto millenni di silenzio."

Fece per dire altro, ma si bloccò.

"Prima o poi qualcuno dovrà scendere lì sotto. Capire cosa si nasconde davvero in Alkharan."

Lo Straniero si voltò solo di poco, il viso appena visibile nella luce riflessa delle torce. La voce gli uscì ruvida, asciutta.

"Non chiederlo a me."

Un gesto lento, l'arma che tornava al fianco.

"So bene che inferno può essere... una foresta densa. Piena di quelle cose."

Un ultimo sguardo ai Leoni.

"Pensiamo a uscire vivi di qui. Il resto può aspettare."

Cercò Lyra con lo sguardo, ma non c'era traccia di lei. Solo ombre, silenzio e il battito sordo dell'adrenalina.

Si concesse un mezzo sorriso.

"Brava ragazza."

Poi si voltò di scatto verso Cavendish, gli occhi di nuovo tesi, rapidi.

"Via, via, via!"

Dalla miniera si udivano esplosioni. Le granate.

I banditi, approfittando delle luci minerarie tornate attive, stavano tentando disperatamente di fermare le bestie. Gli UV presenti nello spettro delle lampade avevano rallentato per un istante i Leoni di Alkharan, ma non li avevano fermati davvero. Il suono delle deflagrazioni si moltiplicava tra le pareti di roccia come tamburi in una caverna in fiamme. Polvere e macerie cadevano da ogni dove. L'aria era densa di detriti, di urla, di terrore.

Lo Straniero e Cavendish si affrettarono lungo il camminamento superiore. Il metallo vibrava sotto i loro passi. Ogni secondo perso poteva essere l'ultimo. Davanti a loro, la via di fuga: il condotto di aerazione. L'unica. Lo raggiunsero senza parlare.

Un istante. Uno solo.

Lo Straniero si voltò per guardare ancora una volta la miniera sottostante.

Una carneficina.

I Leoni si muovevano rapidi, precisi, feroci. Colpivano i banditi come un branco in estasi, guidati dall'istinto e dalla fame. Alcuni uomini giacevano già inerti sul pavimento, dilaniati. Altri correvano alla cieca, spinti solo dal panico, mentre il capobanda urlava ordini nel vuoto. La catena di comando era spezzata. Il caos aveva preso il controllo.

Non c'era più tempo.

Lo Straniero aveva già spinto Cavendish dentro il condotto. L'archeologo si era infilato a fatica nel tunnel stretto, strisciando con i gomiti e le ginocchia, il respiro corto e la tensione addosso.

Ora toccava a lui.

Si voltò per coprire la ritirata. E fu allora che la vide.

Una delle creature stava risalendo la parete della miniera, veloce e silenziosa, artigliando il metallo con movimenti predatori. Gli occhi rossi tagliavano l'oscurità. Era su di lui.

Un ruggito squarciò il buio.

Lo Straniero non ebbe tempo di pensare.

Sparò due colpi del revolver, secchi, mirati.

La creatura barcollò, ferita, ma continuò ad avanzare.

Strinse la mascella, estrasse una granata e la lanciò con precisione verso il punto d'impatto. Poi si tuffò nel condotto, spingendosi dentro all'ultimo secondo.

L'esplosione lo raggiunse alle spalle in un'ondata di calore e detriti. Il rombo rimbalzò nel tunnel, mentre la creatura veniva sbalzata via. Neutralizzata.

Il battito del cuore era l'unico suono rimasto.

Poi, una voce. Decisa. Nota.

"Di qua!"

La riconobbero subito.

Era Lyra.

Appena sbucarono all'esterno, furono investiti dal bagliore dei fari dell'hovercraft. La sagoma della donna era visibile al posto di guida. I motori erano già accesi, il campo di forza pronto, vibrazioni leggere sotto il veicolo in sospensione. Era pronta a partire.

Lo Straniero non esitò nemmeno un istante.

"Presto, entra!" gridò, aiutando Cavendish a salire.

Poi saltò al posto di comando, le dita già in movimento sui comandi principali. L'hovercraft reagì con un ruggito sordo, come un animale appena svegliato.

Ma dal buio alle loro spalle, dalla gola nera della miniera, giunse un ultimo urlo. Violento. Carico d'odio. "BASTARDI!!"

"Non tutti i deserti sono vuoti.
Alcuni trattengono il respiro.
E altri... ricordano."

— *Frammento attribuito a un adepto di Càlenan*
custodito nella Biblioteca Silenziata di Venthar

Capitolo III

Dal tunnel emersero i primi banditi, con le armi in pugno, i volti segnati dalla paura e dalla rabbia. Sporchi di sangue e polvere, gridavano qualcosa che si perdeva nel frastuono. Gli occhi febbrili, pieni di odio e sopravvivenza.

"INSEGUITELI!" tuonò il capo banda, puntando il blaster verso l'hovercraft in fuga.

Il motore del veicolo ruggì come una bestia metallica pronta alla corsa. Lyra si voltò indietro, i capelli scossi dal vento, la luce dei fari che le illuminava metà del volto. Sorrise piano, con quel tono che non era né scherno né fretta... solo certezza.

"Ci abbiamo messo anche troppo."

Lo Straniero spinse i comandi in avanti.

L'hovercraft balzò in avanti, staccandosi da terra in una nuvola di polvere e detriti, mentre la cupola di vetro si richiudeva. Scivolò via nella notte come un proiettile silenzioso, diretto verso la linea d'ombra dei vecchi binari elettromagnetici, l'unico tracciato abbastanza solido da inghiottire la fuga.

Ma non erano soli.

Alle loro spalle, i banditi montarono sui Jet Riders. Le turbine elettriche si accesero con un sibilo acuto, il suono della carica che attraversava l'aria come una scarica statica. Per un attimo il buio fu attraversato da bagliori blu e rossi. Poi le moto sparirono via, violentemente, inseguendo l'hovercraft come predatori affamati.

La corsa era cominciata.

Lo Straniero strinse i comandi con fermezza, mentre l'hovercraft sfrecciava a tutta velocità tra gli alberi della foresta pluviale aliena e i canyon scoscesi.

Ma non puntò subito verso la città. Scelse il corridoio lasciato dai vecchi binari che scendeva verso valle dall'altro lato attraverso i canyon, una ferita antica nel paesaggio che offriva velocità più che protezione.

"Dove vai?!" gridò Lyra, cercando di tenersi salda mentre il veicolo schizzava tra i tronchi massicci e le rotaie.

Lo Straniero non rispose subito, gli occhi fissi sulla strada.

"Cerco di seminarli."

Victor, sul sedile posteriore, aveva già le cinture ben allacciate, i pugni serrati attorno ai supporti.

Dietro di loro, il ruggito metallico dei Jet Riders risuonava nella foresta. I banditi si avvicinarono rapidamente, le loro turbine roventi che illuminavano le ombre del bosco.

Poi—

Spari.

Raffiche di blaster illuminarono la notte, tracciando linee incandescenti nell'aria umida della giungla. Uno dei Jet Riders si affiancò all'hovercraft, puntando il blaster sul pilota.

Un colpo sibilante scheggiò il parabrezza.

Lo Straniero sterzò all'improvviso.

Il Jet Rider nemico perse il controllo per un secondo, ma riuscì a riprendersi — e spinse l'hovercraft contro un albero gigantesco.

Un impatto violento, il veicolo sbandò, sfiorando la corteccia spessa, lasciando dietro di sé una scia di scintille.

Lyra imprecò sottovoce, il respiro pesante, mentre riportava lo sguardo sugli inseguitori.

I Jet Riders non mollavano, sparando raffiche di blaster che sibilavano nell'aria umida della giungla. Le scie rosse dell'energia illuminavano per un istante i tronchi degli immensi alberi alieni, prima di esplodere in scintille contro le rocce e le rotaie affioranti.

Lo Straniero sterzò bruscamente, schivando un colpo che altrimenti avrebbe colpito il motore laterale dell'hovercraft.

"Stanno arrivando troppi colpi!" gridò Lyra, aggrappandosi al terminale.

"Victor!" Lo Straniero non poté voltarsi, gli occhi fissi sulla strada mentre evitava ostacoli, zigzagando tra radici massicce e rocce taglienti.

"C'è un pannello lì dietro! Dà più energia agli scudi!"

Victor si voltò di scatto, trovando il pannello di emergenza appena dietro il suo sedile.

Le spie lampeggiavano in giallo.

L'energia degli scudi stava calando sotto il fuoco costante dei Jet Riders.

Non ci pensò due volte.

Aprì il pannello, strappò il sigillo di sicurezza e spostò l'interruttore centrale.

Un sibilo. Un flusso di energia attraversò l'hovercraft.

Il campo di forza azzurro pulsò, diventando più luminoso, assorbendo meglio i colpi nemici.

Victor sorrise soddisfatto.

"Fatto! Gli scudi sono più resistenti, ma non dureranno a lungo!"

Lo Straniero serrò la mascella, spingendo l'hovercraft ancora più velocemente tra i canyon.

"Basta che ci portino oltre il fottuto canyon."

Poi premette un pulsante sul cruscotto.

Le torrette automatiche scattarono fuori dai lati del veicolo, i sensori cercarono i bersagli, ma—

Troppa vegetazione.

Le armi tentavano di tracciare i nemici, ma i sensori erano confusi dagli alberi e dal fogliame.

"Lyra, usa il terminale e passa al puntamento manuale!"

Lyra si lanciò sul terminale, le dita scivolarono rapidamente sui controlli, attivando la modalità manuale delle torrette. Lo schermo si illuminò all'istante, il vetro del display rifletté il bagliore intermittente degli spari.

Un'interfaccia rossa olografica prese forma davanti ai suoi occhi:

- SAGOME DEI JET RIDERS in rapido avvicinamento, contrassegnate da indicatori lampeggianti.
- VELOCITÀ DEL TARGET: 310 km/h.
- DISTANZA: 45 metri... 40... 35...
- ALLINEAMENTO DELLA TORRETTA: 66%, 72%, 88%...

Lyra serrò la mascella, le pupille si strinsero mentre il mirino si agganciava al bersaglio.

BIP-BIP... TARGET LOCKED.

"Muori, bastardo."

Il suono delle torrette che colpivano i bersagli.

Uno dei Jet Riders esplose in una palla di fuoco, frammenti incandescenti schizzarono tra gli alberi, mentre il pilota spariva in un turbine di fiamme.

Un ruggito feroce.

Dall'alto di una roccia, una bestia aliena simile a un gigantesco felino, con occhi luminosi e zanne sporgenti, balzò all'improvviso.

Il suo obiettivo era l'hovercraft. Ma sbagliò il bersaglio.

Colpì in pieno un Jet Rider, travolgendolo a mezz'aria e facendolo precipitare violentemente tra i rami.

Un impatto devastante.

Il bandito urlò per un istante, prima che il silenzio della notte lo inghiottisse. Il vento che soffiava tra le foglie, mentre il rumore dell'hovercraft si allontanava sempre di più.

Lyra sollevò un sopracciglio, ancora con il dito sul grilletto. Victor deglutì, ancora aggrappato alle cinture, gli occhi sbarrati.

Lo Straniero scosse la testa con un mezzo sorriso.

"Ecco una delle volte in cui è meglio l'hovercraft."

E accelerò ancora di più, lasciandosi dietro il caos, mentre il canyon si apriva davanti a loro.

Lyra non perse tempo. Fece fuoco con le torrette. Un altro Jet Rider venne colpito in pieno, esplodendo in una scia di scintille. Ma gli inseguitori continuavano ad arrivare.

Uno dei banditi affiancò di nuovo l'hovercraft, tentando di sbilanciarlo con una sterzata laterale.

Lo Straniero lo vide dallo specchietto laterale e serrò la mascella.

"Vuoi giocare sporco?"

Lasciò che il Jet Rider si avvicinasse ancora un po'...

Poi, con una sterzata improvvisa, spinse di colpo il nemico verso un enorme albero alieno.

Il bandito urlò, tentando di correggere la traiettoria —

TROPPO TARDI.

Il Jet Rider impattò con violenza contro la corteccia dura come acciaio, esplodendo in un lampo arancione.

"Un altro in meno," disse lo Straniero, con un ghigno appena accennato sul volto segnato.

Lyra rise, ancora con le dita ferme sui comandi delle torrette. "Mi piace quando fai così."

Ma l'inseguimento non era finito.

L'hovercraft, segnato dalle battaglie, sfrecciava tra la foresta e i canyon, sollevando polvere e scintille. I Jet Riders li tallonavano senza sosta, i motori incandescenti che squarciavano la notte con scie di luce bianca e rossa.

Spari di blaster fendevano l'oscurità, scheggiando rocce, tronchi, lamiere dimenticate e brevi tratti di rotaia che affioravano dal terreno. Ma lo Straniero era sempre un passo avanti, mani salde sul volante, sguardo fisso sull'orizzonte.

All'improvviso, sterzò con violenza.

Il muso dell'hovercraft virò bruscamente verso una fenditura scavata nella roccia.

"Che diavolo fai?!" gridò Lyra, aggrappandosi ai comandi delle torrette per non essere sbalzata via.

Lo Straniero non rispose.

Il mezzo si infilò nel tunnel. Le pareti umide e strette raschiavano la carrozzeria. Sotto la polvere, vecchie guide metalliche scintillarono per un istante. Scintille ovunque. L'acciaio gemeva, ma reggeva.

Dietro di loro, i Jet Riders non rallentarono.

Le loro luci tremolavano nel buio, lampeggiando come occhi affamati. Ombre distorte correvano sulle pareti, inseguendoli, danzando tra il metallo e la pietra. I motori ululavano come predatori lanciati nella caccia.

I Jet Riders non mollavano.

E la notte... non perdonava.

Spari di blaster rimbalzarono sulla roccia, scheggiando la volta del tunnel con scintille incandescenti. Il suono si moltiplicava nel passaggio stretto, come un tamburo d'acciaio.

Il tunnel era irregolare, scavato a mano o forse da macchinari antichi. A tratti il pavimento si allargava, seguendo una curvatura innaturale, tracce d'acciaio affioravano sotto la polvere prima di scomparire di nuovo nell'ombra.

Victor si voltò di scatto.

"Stanno ancora dietro di noi!"

Poi aggiunse, più agitato:

"Non credo che stiano rallentando!"

Lo Straniero serrò la mascella, occhi dritti sulla strada.

"Non serve. Basta portarli nel posto giusto."

All'improvviso—luce.

L'hovercraft uscì dal tunnel con un rombo cupo, ritrovandosi su una sporgenza a picco sul vuoto.

Davanti a loro... la cascata.

Un abisso d'acqua e nebbia, spalancato nella foschia scura della notte. Il ruggito del salto d'acqua si fondeva al rombo dei motori.

Lyra spalancò gli occhi.

"Non dirmi che—"

Victor guardò giù. Sentì il cuore spingersi in gola.

Il baratro sembrava infinito.

Lo Straniero non si fermò.

Accelerò verso l'unica via possibile: un arco di roccia naturale, mezzo crollato, che formava una rampa sbilenca sopra le cascate, le rotaie spezzate che cadevano nel vuoto.

Lyra inorridì.

"NO! NO! NO!"

Victor chiuse gli occhi. Il respiro bloccato.

Lo Straniero premette il pulsante del boost.

Per un istante, il sistema di levitazione dell'hovercraft entrò in risonanza con i vecchi binari elettromagnetici sepolti sotto il fango: archi elettrici balenarono nel buio, strappando scintille azzurre dalla terra.

La sua voce fu l'unico suono calmo in mezzo al caos.

"Tutti giù."

I motori ruggirono. Il veicolo vibrò, carico d'energia — e saltò.

L'hovercraft si staccò da terra.

Per un attimo, tutto si fermò.

Sospesi nel vuoto, come in una fotografia spezzata nel tempo. Sotto di loro, i due Jet Rider che cercavano di seguirli.

Il primo tentò di frenare.

Troppo tardi. Le ruote slittarono sulla roccia bagnata. L'impatto contro la parete fu brutale. Un'esplosione arancione avvolse tutto in una palla di fuoco, riflessa sulla superficie lucida della cascata.

Il secondo inseguitore sterzò con forza, cercando disperatamente di deviare.

Non bastò.

Scivolò oltre il bordo.

Cadde.

Un urlo strozzato nel vento, subito inghiottito dal ruggito dell'acqua.

L'hovercraft attraversava la nebbia come un proiettile. Il vento fischiava attorno alla scocca. La cascata esplodeva ai lati in una pioggia sottile.

Un secondo eterno, sospeso nel nulla.

Poi l'impatto.

Il veicolo colpì il suolo con forza. Le sospensioni gemettero. Il mezzo sbandò, slittando su roccia bagnata—

Ma lo Straniero lo riprese.

Mani salde. Sguardo fisso.

La corsa continuava.

Lyra lasciò andare un respiro che non sapeva di trattenere. Victor deglutì, ancora aggrappato alle cinture, gli occhi sbarrati. Lo Straniero scosse la testa con un mezzo sorriso.

Poi Lyra si voltò lentamente. I Jet Riders dall'altra parte della cascata si erano fermati. Troppo lontani. Troppo pericoloso seguirli. Uno di loro tirò fuori un comunicatore.

Lyra lo vide bene. Le loro facce non erano quelle di chi avrebbe lasciato correre.

"Mi vuoi dire che avevi pianificato tutto?"

Lo Straniero sorrise appena.

“…Qualcosa del genere.”

E senza aggiungere altro, accelerò di nuovo, lasciandosi alle spalle il fragore liquido della cascata.

Il bagliore argenteo della Cascata di Serelyth si dissolveva rapidamente nella notte, inghiottito dalla nebbia e dalla nebulosa di Lamia, che incombeva sopra la gola come una bocca celeste pronta a richiudersi.

All'orizzonte, la nana rossa M8 era salita abbastanza da tingere il paesaggio con una luce color rame antico, quasi a voler suggellare il mondo sotto di sé in un rito di sangue dimenticato.

Lyra si voltò verso le cascate ormai scomparse dietro le alture e la bruma.

“Quelle… erano le cascate di Serelyth, vero?”

La sua voce era bassa, vibrante, ancora colma dell'adrenalina del salto.

Lo Straniero annuì, senza distogliere lo sguardo dalla distesa oscura che ora si apriva davanti a loro: la Piana di Elyar-Zan.

Immensa.

Silenziosa.

E tutt'altro che vuota.

L'hovercraft avanzava con cautela lungo il tracciato roccioso, lambendo la parete orientale dell'ultimo promontorio del sistema di canyon. Le gole di Serelyth si allungavano alle spalle come una cicatrice incisa nel ventre del pianeta, profonde e silenziose.

Più in basso, tra la vegetazione scura del canyon, le vecchie rotaie scomparivano nel buio, inghiottite dalla giungla e dalla distanza, come se non fossero mai esistite.

L'aria era densa, carica dell'umidità lasciata dalla cascata e di particelle in sospensione che riflettevano i bagliori della nebulosa di Lamia.

Mentre il mezzo scendeva lungo la rampa naturale che costeggiava il fianco della montagna, il terreno cambiava. Le pareti rocciose iniziarono ad allargarsi, la vegetazione pluviale cedeva il passo a sabbia fine e distese di roccia compatta, e il cielo sembrava abbassarsi sopra di loro.

In lontananza, ora la luce della nana rossa M8 appariva più intensa, colorando il paesaggio di tonalità ramate e sanguigne, mentre la nebulosa di Lamia si stendeva sopra l'orizzonte come un velo luminoso e antico, inciso nel cielo come il ricordo di un disastro mai dimenticato.

Lyra si voltò per un'ultima occhiata verso la gola. Le Cascate di Serelyth erano ormai solo un'eco lontana, un sussurro d'acqua perduto nel silenzio della notte. Poi si girò di nuovo, stringendosi nel giaccone.

Davanti a loro, il paesaggio stava cambiando.

Il sentiero si apriva lentamente in un'ansa naturale tra due dorsali rocciose, e quasi senza preavviso—il mondo si spalancò.

Non c'erano più pareti, né curve strette.

Solo la vastità immobile della Piana di Elyar-Zan, che si stendeva davanti a loro come un altare dimenticato dagli Dèi.

E fu allora che li videro.

I monoliti.

All'inizio erano solo sagome sfumate nella foschia.

Linee verticali, scure, immobili.

Man mano che il mezzo avanzava, le sagome prendevano forma nella foschia, emergendo lentamente dalla sabbia come reliquie di un mondo dimenticato. Erano colossali, disseminate sulla piana come sentinelle pietrificate, testimoni silenziosi di un'epoca così remota da sfuggire a ogni memoria. Non c'era ordine apparente nella loro disposizione, eppure evocavano una geometria invisibile, come se obbedissero a una logica antica ormai sepolta nel tempo.

La maggior parte dei monoliti era priva di segni visibili. Blocchi di roccia scura, levigati e feriti dal vento, inclinati, spezzati, in parte inghiottiti dalla sabbia nera. Le loro superfici portavano le cicatrici del sole e delle ere passate, crepe profonde, abrasioni, segni lasciati non da mani, ma dal passare inesorabile del tempo. Eppure, anche nella loro apparente semplicità, quei massi irradiavano una presenza. Non erano solo pietra: erano memoria incarnata, forma fossilizzata di qualcosa che, forse, aveva conosciuto la luce quando le stelle erano giovani.

Tra di essi, più rari, se ne scorgevano altri. Simili nella massa, ma diversi nello spirito. Su alcune superfici affioravano tracciati scolpiti: linee consumate, rilievi appena percettibili, simboli sparsi che sembravano affiorare dalla pietra più che essere incisi. Erano segni di qualcosa — forse culto, forse scienza, forse entrambe le cose fuse in un'unica lingua perduta. Quei pochi monoliti incisi parevano trattenere una volontà remota, come se custodissero il frammento di un pensiero troppo antico per essere ancora compreso.

In lontananza, la nana rossa incombeva bassa sull'orizzonte, irradiando la sua luce ramata e calda che si stendeva sui fianchi delle strutture come una benedizione dimenticata. Ogni spigolo si allungava in ombra, ogni superficie vibrava sotto quella carezza rovente. E più in alto, la nebulosa di Lamia, sospesa come un velo sacro, proiettava i suoi riflessi azzurri ed elettrici nel cielo profondo, scolpendo la volta celeste con forme liquide e inquietanti. Due luci, due forze. Due cieli in contrasto che si contendevano la piana, come se il mondo stesso fosse un altare antico rimasto in attesa.

Intorno, nessun suono. Nessun vento. Solo la pietra, la sabbia, e il passo silenzioso dell'hovercraft che scivolava tra i colossi addormentati, tracciando un solco evanescente nel velo del tempo. E in quell'assoluto silenzio, nel cuore della piana, sembrava che tutto — anche il presente — fosse solo un'eco lontana. Un sussurro ai margini di un ricordo che non voleva più essere ricordato — ma nemmeno dimenticato.

Lo Straniero guidava senza parlare, gli occhi fissi avanti, la mascella serrata. Il terreno divenne più morbido sotto l'hovercraft, sabbia finissima e nera, simile a polvere di vetro antico. La spinta di levitazione si adattò in automatico, abbassandosi appena mentre il veicolo scivolava a pochi centimetri dal suolo, lasciandosi dietro solo una traccia evanescente di turbolenza e sabbia sospesa nell'aria.

Lyra si passò una mano tra i capelli.

Poi sussurrò, a mezza voce:

"Wow — "

Lo Straniero lanciò un'occhiata nello specchio laterale.

"Imponenti."

Lyra annuì, il viso pallido nella luce irregolare.

"Già — e inquietanti anche."

Victor non parlava.

Sedeva nel sedile posteriore, le mani strette al cappello, lo sguardo fisso sui monoliti, come se cercasse di riconoscere qualcosa. O qualcuno.

Ogni tanto gli occhi gli si socchiudevano — non per stanchezza, ma per concentrazione.

"Victor?" disse Lyra, voltandosi verso di lui.

"A cosa stai pensando?"

L'archeologo impiegò qualche secondo a rispondere.

Poi sollevò lentamente lo sguardo verso il centro della piana, dove alcuni dei monoliti parevano tracciati lungo un disegno invisibile, come frecce di pietra orientate verso qualcosa sepolto al centro.

Per un momento, sembrava non esserci nulla. Solo buio. Un vuoto assoluto, circondato da sentinelle di pietra.

Ma man mano che l'hovercraft avanzava, sfiorando il terreno nero come cenere vetrificata, un riflesso si accese. Debole. Cremisi. La luce distante della nana rossa, piegata e riflessa dalla curvatura atmosferica, scivolò appena sulle pareti inclinate di una struttura sepolta nell'oscurità.

E fu lì che la videro.

In mezzo a quel punto cieco di sabbia e vento... la sagoma di una piramide emergeva tra i monoliti.

Non perfetta.

Non intera.

La cima era spezzata, crollata da tempo, come se il cielo l'avesse colpita... e poi dimenticata.

La luce cremisi accarezzava appena le sue superfici, facendole vibrare come roccia sacra risvegliata dal tempo, mentre l'azzurro profondo della Nebulosa di Lamia scendeva sullo sfondo come una cascata silenziosa, versando fiumi di luce nell'abisso del cielo. Attorno, alcuni monoliti si innalzavano dalla sabbia, sparsi come sentinelle dimenticate lungo la piana.

L'hovercraft rallentò istintivamente, quasi stesse varcando la soglia di un territorio sacro.

Victor abbassò appena la voce, come se parlare ad alta voce fosse irrispettoso.

"La Piana di Elyar-Zan," disse piano.

"È qui che abbiamo trovato il Calice."

Lo Straniero la osservò in silenzio.

Lyra si voltò per un instante.

Victor invece la fissava, assorto... come se qualcosa, in quella rovina, gli parlasse in una lingua che non osava più ricordare.

"Lì," ripeté. "In mezzo al campo di monoliti. In quella Piramide. Lo trovai in una struttura sotterranea. Un tempio... Ael'Tharun, almeno in parte. Spezzato, sepolto... ma ancora integro nel cuore. Sembrava vuoto. O forse attendeva solo di essere scoperto."

Lo Straniero non commentò, ma le sue mani si strinsero appena sui comandi.

Victor fissava ancora la sabbia che si lasciavano alle spalle.

"Credo fosse lì da millenni."

Fece una pausa.

"Durante la campagna di scavo... accadevano cose. *Kahoteh Nahweva* ci aveva avvisati. Uno sciamano solitario degli *Shonaka'eyah*, la tribù che vive nella piana, anche detti semplicemente *Shonaka*. Viveva ai margini delle valli occidentali, dove l'altopiano comincia a cedere il passo alle formazioni cristalline, non lontano dall'accampamento Shonaka. Disse che Elyar-Zan non era silente. Solo addormentata."

Abbassò la voce, come se stesse parlando più a se stesso che a loro.

"Nessuno sapeva cosa fossero. Ma tutti... le sentivamo."

Lo Straniero si voltò appena, incuriosito da quel tono improvvisamente più teso.

Ma nel timbro della sua voce c'era tutto.

Riconoscimento.

Timore.

E forse... qualcosa che sfiorava la nostalgia.

L'hovercraft proseguiva silenzioso lungo il margine della piana, evitando di entrare troppo nel campo dei monoliti che dominavano il territorio come giganti addormentati, costeggiandoli a distanza.

Le strutture ciclopiche si stagliavano alla loro sinistra come torri abbandonate da un popolo troppo antico per essere ricordato.

Sopra, il cielo carico della nebulosa di Lamia illuminava la notte.

Una luce sospesa, atavica.

Come se anche lei stesse osservando in silenzio.

Poi accadde qualcosa.

Dalla cima di uno dei monoliti, una scarica elettrica improvvisa squarciò la notte con un sibilo metallico. Un fulmine blu-argenteo si sprigionò verso l'alto — non dal cielo alla terra, ma dalla pietra al cielo — come se la struttura stesse respingendo qualcosa.

Lyra sobbalzò nel sedile.

"Cosa diavolo è stato?"

Lo Straniero guardava avanti. Calmo. Ma vigile.

"La Nebulosa di Lamia carica l'aria di elettricità quando si avvicina all'orbita bassa," disse.

"A volte capita, da queste parti."

Victor annuì appena, ma il suo sguardo era fisso sul monolito da cui si era sprigionata la scarica.

"Si e quel colore..." mormorò. "Blu-argenteo. È tipico del decadimento da Lanthanium. Antimateria"

Fece una pausa.

"Lo vidi una volta, sempre qui su Loren Prime. Durante uno scavo. Le rocce non erano solo roccia. Contenevano Lanthanium naturale. Cristallizzato. Vivo."

Abbassò un poco la voce, quasi parlasse a se stesso.

"È possibile che anche questi monoliti... siano fatti della stessa materia. O forse qualcosa di ancora più antico che ci somigli."

Un silenzio teso calò nell'abitacolo.

Fuori, i giganti di pietra restavano immobili. Ma sembravano ascoltare.

Un altro lampo si staccò dalla cima di un secondo monolite.

Per un istante, l'intera area fu illuminata a giorno.

Le ombre si ritirarono, rivelando sulle superfici pietrose di alcuni monoliti incisioni antiche, profonde, come scolpite con pazienza millenaria.

Non simboli leggibili, ma sequenze geometriche indecifrabili — simili a circuiti corrotti o mappe cosmiche dimenticate.

La pietra tremò.

Un bagliore interno serpeggiò lungo le venature, lento e pulsante.

"Perché colpisce solo i monoliti?" chiese Lyra, cercando di seguire il cielo con lo sguardo.

Lo Straniero esitò appena.

"Non lo so di preciso — ma il Lanthanium è una spiegazione. E forse anche per le luci che avete visto durante gli scavi, Victor."

"È probabile, anche se allora non lo sapevamo" ammise Victor, la voce bassa.

"Ma non spiega le sparizioni."

"Sparizioni?" chiese lo Straniero, voltandosi leggermente verso di lui.

Victor annuì.

"Alcuni... sparirono nel cuore della notte."

Lo Straniero scosse la testa, appena accennando un sorriso ironico.

"Se la saranno fatta addosso e sono scappati via."

"Può darsi," concesse Victor, ma il suo sguardo si fece distante.

"Questo posto sa essere — molto persuasivo. Soprattutto di notte."

Lo Straniero lasciò scivolare lo sguardo sulle strutture all'orizzonte, immobili tra i riflessi tremolanti della piana. Poi, con voce bassa, aggiunse:

"Durante la guerra, i piloti dell'Alleanza sapevano di non sorvolare mai questa zona. Mai."

Lyra si voltò verso di lui, le sopracciglia lievemente aggrottate.

"Perché?"

"La zona è instabile. Forti fluttuazioni energetiche. A volte le navi... impazzivano. Gli strumenti collassavano, le rotte si piegavano come carta stropicciata. Le interferenze della Nebulosa di Lamia qui si amplificano. Più che altrove."

Fece una pausa, osservando i bagliori nel cielo.

"Ufficialmente era turbolenza. Nient'altro."

Poi si voltò di poco, come per confidarle qualcosa che non si dice facilmente.

"Ma ufficiosamente? Nessuno voleva passare di qui. Nessuno. E quei fulmini non sono scariche normali... sono plasma. Plasma e antimateria. Se ti colpiscono come si deve, non hai tempo nemmeno per urlare."

Lyra restò in silenzio, lo sguardo incollato ai lampi blu-argento che serpeggiavano tra i monoliti come nervature di un cuore antico. Lo Straniero non aggiunse altro. Restava lì, immobile, gli occhi fissi su quel paesaggio elettrico, come se stesse ascoltando qualcosa che nessun altro poteva sentire.

Poi, con tono più basso, aggiunse:

"Era l'epoca dei Bastioni di Caleron. Appena oltre la nebulosa. Quando l'Impero di Antarion li riconquistò, l'Alleanza Terrestre fu costretta a ripiegare. Si asserragliarono dove potevano. Tra le montagne. Le vecchie colonie minerarie. Questa zona era... uno degli ultimi avamposti."

Lyra lo ascoltava in silenzio. Il volto illuminato a intermittenza dai riflessi blu-argentei delle scariche.

L'aria sembrava più densa, quasi metallica.

"L'Alleanza voleva una rotta sicura. Un corridoio stabile che attraversasse la nebulosa di Lamia. Una trade lane protetta, capace di collegare i fronti e mantenere la pressione sull'Impero. Ma — "

Fece una pausa.

"Chi volava sopra Elyar-Zan — faceva una brutta fine. O ci andava molto vicino. Sono precipitate diverse navi. Intere squadriglie scomparse nel nulla. E nessuno ha mai capito se fosse colpa della tecnologia, o di qualcos'altro."

Lyra lo fissava.

Nel tono della sua voce c'era più di un semplice ricordo militare. Qualcosa si era incrinato per un istante, una fessura appena visibile tra ciò che diceva e ciò che tratteneva. Non era solo conoscenza, né esperienza.

Era un peso.

Un frammento di verità che aveva scelto, consapevolmente, di non condividere.

Per un momento, il suo sguardo si perse nel vuoto, fisso su un punto che non apparteneva più al presente. La mascella si contrasse lievemente, in un gesto involontario. Non c'era rabbia. Né paura.

Solo la traccia di qualcosa che era stato — e che non aveva mai smesso di restare.

Un lampo lontano squarciò la notte. La luce blu-argentea attraversò la cupola trasparente dell'hovercraft, disegnando riflessi tremolanti sui bordi interni. Per un istante, sembrò che anche lui fosse inciso dalla stessa luce che percorreva i monoliti.

Ma poi tornò immobile.

Silenzioso.

Come sempre, come prima di parlare, come prima di scegliere.

Riprese, con voce più bassa, quasi come se stesse parlando a se stesso.

"Poi l'Alleanza se n'è andata. Ha lasciato Loren Prime. Prima alle truppe imperiali. Poi... al deserto. E a tutti quelli che decidono di restare qui, in questo posto dimenticato, sperando ancora di trovarci qualcosa."

Lyra non disse nulla. Si voltò verso i monoliti, il volto segnato da una calma irreale, ma gli occhi attenti, inquieti. Per un attimo, nessuno parlò. Solo il suono costante del veicolo e il sussurro della sabbia che scivolava via sotto il campo di levitazione.

Poi un'altra scarica colpì un pilastro in lontananza. Un lampo blu-argenteo squarciò la notte, frantumando un angolo della pietra con un bagliore spettrale. Il boato seguì pochi secondi dopo, cupo e sordo, propagandosi nella valle come un'eco primitiva. Un richiamo antico.

Victor deglutì.

Quando parlò di nuovo, la sua voce era cambiata. Più ruvida. Come se qualcosa si fosse sollevato da dentro, contro la sua volontà.

"Durante gli scavi... abbiamo trovato i resti di un caccia. Sembrava un modello avanzato dell'Impero. Era precipitato proprio sul tempio, sfondando la cima della piramide, aprendosi un varco e crollando nei livelli inferiori."

Si interruppe, lo sguardo perso nella notte. Sembrava rivedere la scena davanti a sé. Lo schianto. Le macerie. Il buio che si era aperto sotto la pietra.

"L'incidente risaliva a diversi anni fa. Probabilmente proprio durante la fase finale della guerra, come dicevi prima" disse rivolgendosi allo Straniero.

Che però non disse nulla. Lo sguardo perso verso l'orizzonte e la scintilla di qualcosa per un instante brillò nei suoi occhi.

Come una fiamma che riaffiora sotto la cenere, appena visibile, ma viva.

Lyra lo notò.

Poi Victor continuò, abbassando lievemente la voce.

"L'impatto distrusse parte dell'altare. La piattaforma cerimoniale collassò. La lastra di granito che copriva la pavimentazione si spezzò in due. Sembrava naturale... ma non lo era. Era stata posta lì. Come un sigillo. Con intenzione."

Fece una pausa.

"E fu quella crepa, causata dallo schianto, a rivelare il resto. Non era un semplice vuoto sotto il tempio. Era una struttura. Una camera sepolta. Una cripta."

Nell'abitacolo calò un silenzio denso.

Solo il sibilo del campo di levitazione, e il soffio sottile della sabbia lungo le lamine dello scafo. Proseguirono lungo il bordo della piana, lasciandosi alle spalle l'ultimo dei monoliti, ancora segnato da una debole luminescenza sulla sommità. Il silenzio della piana li accompagnò fino al margine dell'altopiano.

"Ed è lì sotto che abbiamo trovato il Calice," concluse Victor.

Le luci di Lost Treasure brillavano ora in lontananza, tremolanti tra i rilievi desertici, come un miraggio tecnologico in un mondo di un'epoca troppo remota per accoglierlo davvero. L'hovercraft iniziò la salita sul pendio polveroso, i fari che scavavano fenditure nel buio.

"E come ci siete arrivati?" chiese lo Straniero, senza voltarsi.

"Beh... il caccia aveva aperto una prima crepa, quasi invisibile," disse Victor. "Una frattura sottile tra le lastre dell'altare. Quando l'ho notata, ho intuito che potesse esserci qualcosa. Giravano anche delle voci — superstizioni, storie locali, sussurrate da chi vive nei pressi delle rovine, fino alle strade di Lost Treasure. È per questo che sono venuto qui."

Si interruppe un istante, come se stesse ancora misurando il peso delle sue scelte.

"Ma non avevo prove. Nessuna certezza. Nessuno aveva mai trovato nulla oltre le rovine già note.

Poi... dopo aver montato un'impalcatura esterna ed essere entrati attraverso l'apertura nella cima danneggiata della piramide, gli operai hanno usato la dinamite. L'esplosione ha sventrato la piramide facendo crollare la parete del transetto, dietro l'altare. Una volta intera, con la colonna che la sorreggeva. La colonna è precipitata — ed è finita direttamente sulla lastra dell'altare. L'ha spezzata come vetro. Il pavimento ha ceduto. E gli uomini sono finiti — direttamente nella cripta."

Lo Straniero si irrigidì. La sua voce tagliò il silenzio con durezza.

"Cazzo, Victor. Ma chi c'era agli scavi?"

Victor esitò. Poi, con un mezzo sorriso stanco, rispose.

"I banditi della miniera."

Lyra si voltò di scatto, sgranando gli occhi.

"I banditi della miniera?" ripeté incredula.

"Sì," annuì Victor. "Erano gli unici disponibili. Avevo bisogno di braccia forti, e nessuno dell'università voleva rischiare di venire su Loren Prime. Non proprio una scelta mia, se devo essere sincero."

Fece una pausa. Lo sguardo perso verso l'orizzonte che andava inghiottendo i monoliti.

"È stata davvero una scoperta fortuita. E incredibile."

"Già," disse lo Straniero. "Ma ancora più incredibile è che tu non ti sia fatto ammazzare. Avresti dovuto chiamarmi prima, Victor."

Victor annuì piano.

"Lo ammetto. Un errore che non farò più. Non su Loren Prime."

"Comunque," riprese, "a quel punto l'altare era in pezzi. La lastra spezzata, la colonna crollata che aveva sfondato tutto... e gli operai finiti direttamente nella cripta. Non restava che scendere. E lì l'ho visto. Il Calice. E non solo: era pieno d'oro, quel posto. Bracciali. Gioielli. Offerte votive. E incisioni. In una lingua sconosciuta, mai vista prima, come ti dicevo. Potevano andarsene felici e soddisfatti. Invece... tornati a Lost Treasure hanno preteso anche il Calice."

Si voltò verso lo Straniero. Gli occhi segnati, ma lucidi.

"È lì che ti ho ingaggiato. Sapevo che se c'era una speranza di recuperarlo... eri tu."

Lo Straniero annuì, senza vanità.

"Ah... bisogna sempre sfondare un altare," disse Lyra, con tono malizioso.

Lo Straniero la guardò per un istante. Lo sguardo di lei era provocatorio, sfacciato, attraversato da una sensualità trattenuta solo in parte. Lui accennò un mezzo sorriso, appena percettibile.

"E nel frattempo che arrivassi," aggiunse mentre tornava a guardare la strada, "hanno pensato bene di rapire pure te."

Victor scosse lentamente il capo.

"A quanto pare."

Una scarica lontana attraversò il cielo, illuminando per un ultimo istante i contorni della Piana. Dietro di loro, i monoliti si confondevano ormai con l'orizzonte. Davanti, le luci polverose di Lost Treasure cominciavano a farsi più vicine. Dopo una nottata a dir poco movimentata, stavano finalmente rientrando.

Le luci della cittadina di frontiera brillavano fioche nella notte: un misto di insegne al neon difettose, fari di veicoli e fuochi isolati accesi qua e là. Era una visione familiare e stranamente rassicurante, dopo tutta quella dannata corsa.

Lo Straniero fermò l'hovercraft sulle piattaforme di atterraggio, senza dire una parola, poi con un comando dall'interno aprì l'hangar della nave spaziale.

Lyra sospirò, appoggiando la testa sul sedile.

"Se questa è una serata normale con te — non voglio sapere com'è una movimentata."

Victor scrollò il capo.

Un misto di pensieri e adrenalina gli pompava ancora nel sangue, come se il silenzio della piana lo stesse inseguendo fino a lì.

Lo Straniero parcheggiò l'hovercraft nella nave spaziale.

Lyra scese per prima, osservando l'interno del piccolo hangar privato. E fu allora che lo vide: un Jet Rider personale. Sleek, aggressivo, di un nero opaco con dettagli argento. Un veicolo che parlava di velocità e precisione, ma non di avventatezza. Era essenziale. Funzionale. Non era il giocattolo di un pilota spericolato, ma uno strumento nelle mani di qualcuno che sapeva quando e come usarlo.

Le tornò in mente l'istante in cui il felino alieno aveva travolto quel bandito. Un Jet Rider è letale, ma non quando un mostro di duecento chili ti piomba addosso da una roccia.

E lì capì.

Lo Straniero sapeva molto più di quanto lasciasse intendere.

Mezzo giusto, per il contesto giusto. Sempre. Lo guardò di sottecchi, accennando un sorriso.

"Sai sempre come sorprendere, eh?"

Lo Straniero, con la solita espressione imperturbabile, richiuse l'hangar e iniziò a camminare verso la città.

"Andiamo. Victor ci deve un drink."

Lyra rise piano. Dannazione, quella notte non era ancora finita.

Lo Straniero scese dalla rampa. Passo calmo, cappotto lungo, lo sguardo nascosto sotto la tesa del cappello. Non si aspettava nessuno. Eppure, non fu sorpreso di vederlo. Un uomo lo attendeva sul bordo della piattaforma.

Alto, spalle larghe, immobile, il mantello impolverato, due blaster da caccia ai fianchi, appoggiato a una lancia magnetica infilata nel terreno. Indossava una corazza d'assalto consunta, annerita dal tempo e dai fuochi di battaglia. Gli occhi chiari, fissi. Sotto il casco semiaperto, un volto duro e scavato dalla guerra.

Dietro di lui, tre uomini in silenzio, appoggiati ai loro mezzi da caccia, pronti a partire.

Lo Straniero rallentò. Lo riconobbe prima ancora che l'altro parlasse.

"Ehi... Rheon?"

L'uomo si staccò lentamente dalla lancia.

"Pensavo fossi morto, non credevo di rivederti" disse il cacciatore, la voce roca, consunta dal deserto e dalle stagioni perdute.

Lyra si voltò verso Lo Straniero, sorpresa. Ma nessuno dei due disse nulla. Il passato era tornato, senza essere invitato. Lo Straniero si fermò a pochi passi da lui. I due si fissarono in silenzio.

"Sì, lo pensano in molti. Non pensavo di rivederti neppure io" rispose. Nessun accenno alle miniere. Nessun riferimento diretto. Solo il tono di chi si aspettava una fine — e invece eccoli lì.

Il cacciatore accennò un cenno col capo, quasi impercettibile. "Comunque, hai un buon passo per un uomo morto."

Lo Straniero sorrise appena, senza ironia. "Tu invece sei sempre in piedi. Dev'essere fastidioso, alla lunga."

Una pausa. Il silenzio tra loro si distendeva come un vecchio accordo mai annullato, carico di cose viste insieme che non serviva nominare.

"Mi hanno parlato della vecchia miniera dell'Aurora fuori città," riprese il cacciatore. "Ho fiutato qualcosa. Potrebbe valerne la pena."

"Lo è," disse lo Straniero, calmo. "Una banda si è rifugiata lì. Gente che non ha più molto da perdere."

Il cacciatore sollevò appena un sopracciglio.

"Che banda?"

Lo Straniero esitò un istante.

Non per timore — per rispetto.

"...Marstone."

Niente altro.

Solo quel nome.

Il cacciatore smise di respirare per mezzo secondo. Poi annuì, lento, senza aggiungere una sola parola. Non serviva.

Non chiese altro. Lo sapeva: quella dritta era un regalo. O un pegno.

Lo Straniero fece un mezzo passo indietro, ma prima di voltarsi aggiunse: "Fai attenzione."

Il cacciatore inclinò appena il capo. "Perché?"

"Leoni di Alkharan. Ne ho visti muoversi a nord stanotte, anche alla miniera. Se sono usciti dal canyon rosso, potresti non avere via di fuga."

Il cacciatore strinse gli occhi sotto la visiera, un gesto minuscolo ma denso di significati.

"Capito."

Sollevò una mano in un saluto breve. "Grazie."

"Di nulla."

Per un attimo ancora lo fissò, come se volesse dire qualcos'altro. Fece un mezzo sorriso. Poi si voltò, salì sul suo mezzo. I suoi uomini lo seguirono in silenzio. I motori si accesero con un ruggito basso, e in un attimo, scomparvero oltre l'arco olografico che segnava il confine esterno di Lost Treasure.

Lo Straniero rimase a guardare per qualche secondo, finché scomparvero, poi si voltò verso la rampa della colonia. Aveva un appuntamento con la polvere, con un piatto sbeccato e con un calice che non avrebbe mai dovuto essere dissotterrato.

Il motel di fronte al saloon era poco più di un relitto urbanizzato: insegna al neon mezza spenta, pareti sporche di sabbia e sudore, tre camere con letti duri e lenzuola che sapevano di metallo e cloro. Ma aveva una porta che si chiudeva, e in quel momento bastava.

Lo Straniero si fermò nell'ingresso, osservando le stanze con lo sguardo di chi valuta le opzioni come una mappa di guerra.

"Tre camere," disse. "Una a testa."

Lyra si appoggiò allo stipite con le braccia incrociate, lo sguardo carico di quella solita, sottile ironia.

"Potevi anche restare a dormire nella nave, sai?"

Il suo sorriso era lento, quasi felino.

"Non c'è bisogno che mi lasci la tua brandina..."

Lo Straniero si voltò appena, la luce fioca disegnava ombre nette sul suo profilo.

"Io non dormo a terra," rispose, secco.

Lyra scosse la testa, sorridendo.

"Chissà se ti rilassi mai."

Poi fece un passo verso di lui, e aggiunse a bassa voce:

"Ma forse ti piacciono le situazioni più... complicate."

Lui non reagì subito. La guardò negli occhi, come se pesasse le sue parole non per ciò che dicevano, ma per ciò che evitavano di dire.

"Non adesso," fu tutto ciò che disse.

Poi si voltò e scomparve nella sua stanza.

Lyra lo osservò andare via con un sorriso appena più amaro.

"Già. Non adesso," mormorò tra sé. "Ma non per sempre."

Pochi minuti dopo, uscirono di nuovo, ciascuno con i propri pensieri e il peso della notte ancora addosso. Attraversarono la strada verso il bar-saloon, alla ricerca di un piatto caldo, un bicchiere forte, e qualche parola che finalmente iniziasse a sciogliere i nodi di ciò che avevano vissuto — e di ciò che ancora li aspettava.

"Il cerchio completo rassicura.
Ma è nella frattura… che si cela la verità."

— *Vox Calenathi, frammento non numerato – Biblioteca Silenziata di Venthar*

Capitolo IV

Il bar-saloon di Lost Treasure era illuminato da luci stanche e calde, come occhi socchiusi in una stanza che aveva visto troppi sogni spegnersi nel whisky.

Un vecchio brano musicale si trascinava da un impianto audio sfiatato, le note frusciate e malinconiche sembravano provenire da un altro secolo — forse da un altro mondo. A tratti la melodia si spezzava nel rumore dei bicchieri sbattuti sul bancone, nel tintinnio sporco dei piatti scheggiati e nella voce bassa dei clienti che parlavano senza mai guardarsi troppo negli occhi.

In un angolo poco frequentato, all'ombra di un vecchio soppalco in ferro arrugginito, lo Straniero si appoggiò lentamente allo schienale della sedia. Il cappello calato sul volto, le dita avvolte attorno a un boccale annerito dal tempo.

Victor Cavendish posò la borsa con lentezza sul tavolo. I suoi movimenti erano misurati, quasi cerimoniali. Le dita — ancora impolverate dal deserto — sfiorarono il panno grezzo che proteggeva il contenuto.

Lo Straniero lo osservava senza dire una parola.

I suoi occhi azzurri e taglienti come una lama sotto il ghiaccio, erano lucidi e svegli. La schiena appoggiata allo schienale della sedia, il cappello gettato sul tavolo accanto al boccale. Accanto a lui, Lyra stringeva una tazza calda tra le mani. I suoi occhi, più lucidi che mai, erano fissi su Victor.

Victor inspirò piano, come se stesse per compiere un gesto proibito. Poi il panno si aprì. Il metallo interno sfiorò la luce, scintillando di un riflesso antico. Il Calice brillò alla luce fioca della lampada sopra il tavolo, rivelando i bordi consumati dal tempo e le incisioni aliene che correvano come vene sulla superficie.

Accanto ad esso, il pendaglio — o ciò che più gli si avvicinava — emanava un bagliore tenue, un riflesso che non apparteneva né alla lampada né al saloon. Sembrava una luce trattenuta, interna, come se il metallo custodisse qualcosa che non era destinato a mostrarsi apertamente.

Era piatto, forgiato in una lega sconosciuta, velato da un'iridescenza inquieta. La sua forma richiamava una geometria antica e solenne: un triangolo inciso con la punta rivolta verso l'alto, netto, intenzionale.

Lungo i lati, tre cerchi: due pieni, disposti ai lati del triangolo, solidi e simmetrici; e uno vuoto, collocato sotto la base, come un fondamento assente. Non una mancanza, ma un vuoto deliberato, una base instabile su cui l'intera figura sembrava reggersi con una tensione innaturale.

L'insieme evocava la Croce di Sharaan nella sua forma rovesciata — un ribaltamento concettuale. Un simbolo che parlava di ascesa, di conoscenza cercata verso l'alto, poggiata però su un principio incompleto, fragile per definizione.

Per qualche istante nessuno parlò.

La lampada tremolò, e la luce sembrò deviare dalla forma del pendaglio, come se non volesse sfiorarlo. Victor si chinò in avanti. Il suo sguardo scivolò dal pendaglio al bordo del Calice, dove l'antico metallo restituiva un riflesso opaco, quasi trattenuto. C'era un'incisione, sottile ma impeccabile. La geometria era simile a quella del pendaglio — ma qualcosa, lì, risultava diverso. Più ordinato. Più stabile. Più... accettabile.

La Croce di Sharaan.

Il triangolo con la punta rivolta verso il basso. Le due sfere piene ai lati e quella vuota, in alto.

Un'assenza solo apparente.

Non un simbolo di mancanza, ma di sospensione. Di una tensione ascensionale trattenuta, come se la conoscenza divina fosse presente, ma deliberatamente collocata oltre la materia, fuori dalla portata immediata.

Non un'aggiunta posteriore.

Non un'incisione tardiva.

Ma fusa. Integrata. Parte della struttura stessa del Calice.

Victor deglutì piano. Nella sua mente, un'ipotesi fino a quel momento indistinta prese finalmente forma: se la stessa geometria — pur declinata in modo diverso — compariva su più manufatti rinvenuti nello stesso luogo, allora non si trattava di variazioni casuali.

Era un linguaggio.

Un sistema.

Un segno.

Antico.

E deliberato.

Fu Lyra a rompere il silenzio. La sua voce era bassa, incerta, come se temesse di disturbare qualcosa.

"Quella è una croce... rovesciata" disse, indicando il pendaglio.

Victor annuì, senza distogliere lo sguardo dallo stesso.

"Lo è. Anche se oggi ha la forma di un triangolo, il nome è rimasto, a memoria della sovrapposizione antica con la croce latina. Croce di Sharaan. Simbolo della Chiesa. Nata dalle ceneri della Cattolica, mutata nei secoli con l'Impero e la scoperta delle rovine Ael'Tharun.

Tre cerchi, disposti lungo i lati di un triangolo rivolto verso il basso: un perfetto emblema della Trinità — e della santità femminile di Maria. Anche se oggi, con altri nomi per una Dea."

Victor sollevò appena il pendaglio, lasciando che il metallo catturasse la luce tremolante della lampada del saloon.

"Sharaan..." mormorò. "Un nome molto più antico dell'Impero. Forse più antico delle prime lingue terrestri."

Lo Straniero lo osservò. "E cosa significa?"

Victor accennò un sorriso stanco, come se la domanda fosse semplice, e al tempo stesso impossibile da esaurire lì, con un bicchiere in mano.

"Dipende da chi lo chiedi," rispose.

"Gli studiosi della Chiesa dicono che signifìchi Dio." Fece un gesto vago con il bicchiere. "Ma forse più che un nome, è un modo per indicare qualcosa che sfugge — qualcosa che non vuoi, o non puoi, pronunciare del tutto."

Il ghiaccio tintinnò mentre ruotava il bicchiere tra le dita.

"Gli antichi erano meno... letterali," aggiunse. "Per loro Sharaan era un'ombra. Un eco di qualcosa immensamente più grande di loro."

Rimase in silenzio per un attimo, lasciando che la parola si posasse nell'aria come polvere sottile.

"Qualunque cosa sia, una cosa è certa," aggiunse poi. "La Chiesa ha le sue radici a Valoria. La Cattedrale, la cripta, le prime iscrizioni Ael'Tharun... tutto parte da lì. New London porta ancora quel peso"

Fece un cenno distratto in direzione delle finestre appannate del saloon, come se guardasse oltre la notte.

"Ma oggi il baricentro è Aelyane, la nuova capitale imperiale — lì si decide tutto."

Si voltò appena, abbassando lo sguardo sul pendaglio. Con due dita tracciò sopra il metallo un gesto lento, circolare, più istinto che consapevolezza.

"Tecnicamente," disse, quasi distratto, "Eglesia Concordia Praeceptum Triaris."

Il modo in cui lo pronunciò sembrava evocare un peso antico, come se il nome stesso custodisse una verità che non apparteneva al saloon, né a quella notte.

Victor lasciò scivolare la mano via dal pendaglio.

"Ma quello che conta," aggiunse, "non è solo il nome."

Sollevò lo sguardo, gli occhi più scuri, più lucidi.

"È quello che c'è dietro."

Il saloon sembrava trattenere il fiato insieme a loro. Fuori, una tempesta si preparava. Dentro, una verità si stava avvicinando. Lo Straniero tamburellò con calma le dita sul bicchiere opaco. Poi si voltò verso Victor, il tono asciutto, preciso.

"Allora, Victor — che diavolo ha di così prezioso questo Calice?"

Bevve un sorso, poi lo posò sul tavolo con decisione.

"A parte il fatto che è d'oro, s'intende. Ma non si rapisce qualcuno per un calice d'oro. Men che meno dopo che lo hanno già preso"

Lyra sollevò lo sguardo dal suo bicchiere. Non disse nulla. Ma i suoi occhi erano attenti, silenziosi.

Victor abbassò appena il tono. La voce si fece più ferma, più densa.

"Dalle iscrizioni sul Calice, e da quel poco che ho potuto studiare delle rovine — si tratta di un culto misterioso. Antico. Risalente alla tarda epoca Ael'Tharun. "

Fece una breve pausa, come se stesse ancora decidendo quanto dire.

"Il sito in superficie era chiaramente una zona cerimoniale. Un luogo di pellegrinaggio. Come vi dicevo: gioielli, offerte votive, frammenti rituali... Tutto riconducibile a una fase avanzata della loro cultura religiosa."

Si sporse leggermente in avanti. La voce più bassa, più intima.

"Poi, quando abbiamo esplorato la cripta — dopo il crollo della colonna e il pavimento sfondato — anche lì abbiamo trovato elementi Ael'Tharun, sì... ma non solo."

Lo Straniero lo fissava, immobile.

L'aria tra i due sembrava farsi più densa, come se ogni parola sollevasse granelli di sabbia da secoli di silenzio.

"C'erano dettagli architettonici, materiali, perfino geometrie che non riuscivo a classificare. Una commistione. O forse qualcosa che gli Ael'Tharun avevano trovato, adattato, ereditato da altri."

Lyra si inclinò in avanti, il bicchiere dimenticato tra le mani.

Victor continuò. Più lento, come se ogni parola richiamasse una memoria antica.

"Il Calice lo trovai lì, al centro della camera. Non su un piedistallo — ai suoi piedi. O almeno a ciò che, allora, mi parve un piedistallo fra le macerie. Era caduto, forse durante il crollo. Di manifattura Ael'Tharun, senza dubbio, come testimoniato anche dal simbolo della croce di Sharaan sul lato esterno".

Fece una pausa. Il silenzio tra loro si fece più spesso.

Poi sollevò lo sguardo.

"...Ma le iscrizioni erano diverse."

Un silenzio sottile cadde sul tavolo.

"Simboli che non compaiono in nessun testo ufficiale."

Victor prese il calice con delicatezza, come se ancora scottasse. Lo fece ruotare tra le mani, inclinando appena il bordo per osservarne l'interno. Lo Straniero e Lyra lo fissavano in silenzio.

"A parte uno," cominciò, con voce bassa.

"Un simbolo. Legato a un Antico Oracolo. Menzionato in certi scritti oscuri del Tardo Impero. Testi rari, frammentari. Quasi leggende — "

Fece una pausa.

Serrò le dita attorno al bordo del calice.

"Quasi leggende," ripeté.

Si interruppe un istante. Il brusio e la musica del saloon sembravano spariti, assorbiti dal silenzio che aleggiava intorno al loro tavolo, in quell'angolo appartato nella penombra del soppalco.

"Descrivono un anello spezzato," riprese, "con due sfere opposte lungo la circonferenza. Due stelle, forse. Un equilibrio interrotto o qualcosa che non è mai stato completo."

Abbassò la voce

"Fino ad oggi non l'avevamo mai trovato, era ritenuto un mito. Anche la Chiesa di Sharaan, a New London, l'ha sempre bollato come superstizione ed eresia. Ma quando l'ho visto..."

Un respiro

"... sono rimasto senza fiato."

Victor si chinò di più, come se qualcosa nel metallo avesse appena attirato la sua attenzione.

Fece scivolare lentamente il Calice tra le mani, ruotandolo con delicatezza. La superficie esterna mostrava la Croce di Sharaan, nitida, simmetrica. Il triangolo verso il basso, i due cerchi pieni lungo i lati, e quello vuoto in alto — simbolo della Trinità, della Dea, della fede ufficiale e della conoscenza divina, sospesa oltre la materia.

Ma quando inclinò il Calice, la luce tremolante della lampada colpì il fondo interno.

Un simbolo bandito, dimenticato — o forse solo nascosto. Victor abbassò lo sguardo sul metallo, come se cercasse ancora qualcosa che la mente faticava ad accettare. La voce gli si fece più bassa, quasi un sussurro.

"Sul fondo del Calice," mormorò, "nascosto da secoli di sabbia e silenzio, era inciso qualcosa che solo chi beve fino all'ultima goccia può vedere — qualcosa di incredibile e inquietante allo stesso tempo."

Fece una breve pausa.

"Un Anello Spezzato."

Un cerchio incompleto, interrotto da una frattura netta, deliberata. Al centro, un vuoto perfetto, privo di ornamenti.

Due piccole sfere erano incise lungo l'anello, disposte come su orbite instabili, leggermente decentrate, come se non appartenessero a un equilibrio definitivo. Una più in basso, muta, opaca. L'altra, in alto, più sottile, incisa con una cura diversa. Sembrava un occhio, come se osservasse il vuoto... o lo custodisse.

"Un cerchio che si rifiuta di chiudersi," disse Victor. "E uno sguardo nel vuoto."

Seguì un silenzio breve, denso. Le sue dita sfiorarono l'incisione, quasi con rispetto, come si farebbe davanti a qualcosa che non appartiene più — o forse non è mai appartenuto — al mondo umano.

"Non c'erano glifi," continuò piano. "Né lettere. Né segnature rituali Ael'Tharun. Era... un'immagine. Un'idea. Un frammento di qualcosa che chi è venuto dopo ha dimenticato."

Lyra lo fissava, immobile. La tazza stretta tra le mani tremava impercettibilmente.

"Quindi — " sussurrò, "la Croce Eretica non è un'invenzione."

Lo Straniero non disse nulla. Ma i suoi occhi azzurro ghiaccio si strinsero in una linea sottile, come se dentro di sé avesse appena collegato qualcosa che gli altri stavano solo cominciando a intuire.

Victor alzò lo sguardo, come se stesse finalmente arrivando alla parte che più lo inquietava.

"E le iscrizioni," riprese infine. "Sembrano una forma arcaica della lingua Ael'Tharun."

Tornò a guardare il Calice, sfiorandone il bordo con due dita, con la delicatezza di chi teme di profanare qualcosa che non appartiene all'umanità.

"In particolare — il nome inciso sotto la Croce di Sharaan, sul lato esterno."

Poi lentamente sollevò di nuovo lo sguardo.

"Càlenan."

La parola rimase sospesa nell'aria, pesante come una rivelazione proibita. Sembrò che perfino il vento, fuori dal saloon, rallentasse per ascoltare.

Poi riprese, più piano, con un tono quasi devoto.

"Traslitterazione moderna dell'antico Kál-en-An, in lingua liturgica Ael'Tharun. Letteralmente: passaggio interrotto, separazione sacra... Altri significati sono meno certi. E, forse, più pericolosi."

Fece una pausa.

"Anello spezzato. Orbita interrotta. Circolo rotto. Come se qualcosa, un tempo perfetto, fosse stato fratturato."

Abbassò lo sguardo sul Calice poi di nuovo su di loro.

"L'Anello Spezzato di Càlenan."

Lo Straniero rimase immobile. Occhi socchiusi. Come se ogni sillaba fosse un richiamo da un luogo dimenticato.

Victor abbassò il capo, come chi riconosce un'ombra che credeva di essersi lasciato alle spalle. Poi il suo sguardo si spostò lontano dal Calice, verso qualcosa che non era presente nel saloon ma viveva ancora nella sua memoria.

"La parete alle spalle," mormorò. "C'era un'incisione. Una sfera. O qualcosa di simile. Stilizzata. Con flussi. Linee concentriche. Strati sovrapposti. Allora non ci feci troppo caso. E per essere sincero... non avevo molto tempo."

Esitò.

"La squadra di banditi assoldati non era propriamente un gruppo di archeologi. E dopo le prime sparizioni... le luci notturne attorno ai monoliti... presenze che nessuno voleva nominare... decidemmo di andarcene. In fretta.”

Si fermò. Li guardò entrambi.

Il bicchiere, tra le mani, non tremava più. Era fermo.

Troppo fermo.

“Il resto... lo sapete già.”

Un silenzio teso calò sul tavolo, come un velo steso troppo piano per coprire davvero tutto.

Lo Straniero si mosse appena, osservando Victor.

“Quella sfera rappresentata sulla parete...”

La voce calma, quasi meditativa,

“...potrebbe essere la Sfera Imperiale... di Aleyane.”

Victor lo guardò, un sopracciglio appena sollevato.

“Non ti facevo un tipo religioso. Né uno storico.”

Lo Straniero fece un mezzo sorriso, impercettibile.

“Ti potrebbe sorprendere sapere che non sono nato con una pistola in mano.”

Si fermò un istante.

“Beh... quasi. Qualche studio l’ho fatto l’anch’io.”

Victor annuì lentamente, il sorriso appena accennato. Ma quando riprese, il tono si era fatto più serio.

"Si potrebbe, sì. Il problema è che, quando quell'incisione nella cripta è stata fatta..."

Fece una pausa.

"...l'uomo viveva ancora sugli alberi — nelle giungle, nelle savane della Terra. E non aveva ancora portato nulla nella capitale Imperiale. Non esisteva nemmeno"

Un silenzio più profondo calò attorno a loro, mentre il senso della frase si depositava nell'aria — come sabbia sottile che scivola in un tempo antico, un'epoca perduta.

Lyra osservò il pendaglio sul tavolo. Le dita si fermarono a pochi centimetri dal metallo.

La sua voce tagliò il silenzio.

"Ma cosa ci fa la croce di Sharaan, in una cripta così ?"

Victor si sporse in avanti, abbassando appena la voce.

Anche se erano già appartati sotto il soppalco, sembrava voler sussurrare al passato stesso.

"È proprio questo... il problema."

Si fermò. Lo Straniero rimase immobile, ma il suo sguardo si fece più vigile.

Victor continuò, lentamente, come chi cammina su vetro sacro.

"Potrebbe essere un culto che gli Ael'Tharun hanno ereditato —
o alterato. E se fosse così, non stiamo parlando solo di religione.
Stiamo parlando di qualcosa di molto più antico. Una radice
profonda. Pre-Ael'Tharun. Qualcosa che potrebbe riscrivere tutto
ciò che sappiamo sulle principali divinità imperiali."

Fece una breve pausa. Poi abbassò la voce, quasi con rispetto.

"Fino ad ora erano solo teorie speculative da frontiera. Il
professor Richardson, del Museo Galattico di Elysium, le aveva
ipotizzate decenni fa. Un uomo brillante, serio. Tutti ne rispettano
il lavoro, ma nessuno ha mai avuto il coraggio di seguirlo fino in
fondo. Mancavano le prove."

Un altro sorso. Gli occhi lucidi, ormai non solo per la ricerca.

"Finora."

Lyra trattenne il fiato.

Lo Straniero non disse nulla.

Victor alzò lo sguardo.

"Questo sito potrebbe cambiare le cose. Per sempre."

Si interruppe un attimo, poi aggiunse:

"Lo stesso sospetto lo aveva avuto anche il professor Richardson.
Le sue teorie, ventilate solo nei corridoi più remoti della biblioteca
silenziata, nell'ala segreta dell'Accademia di Venthar, contigua alla
Domus Aeternum, la Cattedrale di New London, parlavano di
qualcosa — che non osava nemmeno definire."

Un'ombra gli attraversò lo sguardo.

"Una volta, in una circostanza rara, mi trovai ad accompagnarlo. Lo sentii discutere con uno Scriptoria anziano. Si ipotizzava — solo ipotizzava — che il simbolo di Càlenan potesse essere una proto-rappresentazione..."

Fece una pausa.

Poi aggiunse con un filo di voce:

"...del Praeceptum Quartum."

Lo Straniero sollevò appena lo sguardo.

Lyra lo ripeté, come assaporando le parole.

"Praeceptum Quartum..."

Victor annuì.

Ma la voce si fece quasi un sussurro.

"Il Quarto Principio."

E in quell'esatto momento...

Dal bancone, un ubriaco inciampò e rovesciò un vassoio. Il rumore di vetri infranti esplose nel saloon come una detonazione. Lyra e Victor sobbalzarono di riflesso. Ma Lo Straniero era già in piedi, pistola sguainata, puntata verso il suono. Un secondo dopo anche altri due avventori fecero lo stesso.

Per un istante, il silenzio del saloon si fece assoluto. Poi, vedendo che era solo un ubriacone steso tra i vetri, Lo Straniero abbassò l'arma e la rimise lentamente nella fondina.

E così anche gli altri.

"Dannazione," commentò a bassa voce, rimettendosi a sedere.

Un breve colpo di vento filtrò sotto la porta, e per un istante, una lanterna tremolò senza motivo.

Victor sospirò poi si voltò lentamente verso Lyra.

"...nessun testo canonico lo nomina," mormorò.

"È sempre stato il principio non detto. Quello che viene prima... o dopo gli altri tre. Quello che... non può essere spiegato. Solo riconosciuto. L'Anello Spezzato di Càlenan, il cui vero significato è andato perduto nella polvere del tempo."

Dopo qualche secondo di silenzio, fu Lo Straniero a parlare.

"È affascinante, Victor, lo ammetto... ma sono solo leggende."

"Non lo so," rispose lui, senza distogliere lo sguardo.

"Ma quel posto... è davvero strano. E ne ho visti di posti strani."

Si fermò un istante.

Poi parlò con tono più basso, quasi in confidenza con un fantasma.

"Abbiamo attraversato quella piana come ombre fra gli spiriti — di un Dio morente."

La frase rimase nell'aria, pesante come sabbia bagnata.

Poi continuò:

"Quella cripta non è stata sigillata per proteggere il Calice da noi. Ma per proteggere noi, da lui. L'Oracolo era già scomparso da secoli, quando è stata realizzata l'intera struttura."

Lyra inclinò appena il capo, senza distogliere gli occhi dal Calice. "Quanto può valere, secondo te?" La domanda era semplice. Ma la voce... curiosa, lucida.

Victor alzò lentamente lo sguardo. "Nelle mani giuste?"

Fece una breve pausa. "Di valore inestimabile."

Poi abbassò un poco il tono, più concreto. "Ma per la gente comune, per i saccheggiatori, i trafficanti di rovine... è solo un Calice d'oro. Prezioso per il metallo, certo. E anche per la manifattura. Ma come tanti se ne trovano in giro. Soprattutto in posti come questo, su Loren Prime."

Lyra accennò un sorriso, breve. I suoi occhi brillavano di una luce intelligente, affilata. Aveva talento. Non solo per vedere il valore delle cose... ma per riconoscerlo, anche quando era sepolto sotto secoli di polvere e menzogna.

"Va bene, Victor. Questo spiega perché eravate disposti a pagarmi bene per il suo recupero. Ma non spiega il resto."

Victor si fece più rigido. Qualcosa nel suo sguardo cambiò, come se una linea invisibile fosse stata superata.

"Se trovassimo templi intatti," proseguì, "è probabile che contengano ancora offerte votive. Gioielli, reliquie, oggetti rituali. Ma più importante ancora..."

Si interruppe. Per un istante, sembrò che stesse pesando ogni parola. Poi parlò, e la sua voce aveva il tono di chi pronuncia qualcosa che non è solo sapere, ma trasmissione.

"Il Calice collega direttamente la Croce di Sharaan all'anello spezzato di Càlenan. Un'eresia. E un culto dimenticato, esoterico già all'apice dell'epoca degli Ael'Tharun: L'Ultimo Oracolo. Un'eredità."

Fece una breve pausa, lo sguardo basso, come se vedesse quella camera sacra ancora una volta.

"Qualcosa che forse gli Ael'Tharun avevano trovato. E su cui avevano costruito. Ma non era loro. Era più antico. Un culto risalente a un tempo... di cui non abbiamo più memoria."

Lo Straniero sbuffò piano.

"Sono solo leggende, Victor. Affascinante ripeto, ma non si rapisce qualcuno per un mito. Neppure l'Inquisizione lo avrebbe fatto, avrebbero preso il calice e basta. E c'è una cosa che non torna," disse. "Se era davvero così pericoloso... perché gli stessi Ael'Tharun non l'hanno semplicemente distrutto?"

Victor lo fissò per un istante, come se avesse previsto quella domanda. Poi abbassò lo sguardo sul Calice e sul pendaglio, affiancati sul tavolo come due reliquie dormienti.

"Perché, evidentemente, chi ha chiuso quella cripta non era lì per obbedire," rispose, con voce bassa. "Era un discendente. O forse solo un devoto del culto esoterico di Càlenan. Qualcuno che credeva ancora in ciò che quel simbolo rappresentava."

Sollevò lo sguardo, incrociando quello dello Straniero.

"Per loro, distruggerlo sarebbe stato un sacrilegio. Ma tenerlo in vita... era troppo rischioso. Troppo potente. Così lo hanno sigillato. Nascosto. Protetto non da trappole — ma dal tempo e dall'oblio."

Fece una pausa, poi aggiunse:

"La lastra di granito sopra l'ingresso, mimetizzata nella piana... sembrava parte della roccia naturale. Invece era postuma. Una decisione estrema. Come se volessero dire: nessuno deve più scendere là sotto."

Lo Straniero non rispose subito. Tamburellava le dita sul tavolo, lo sguardo lontano.

Lyra osservava il pendaglio, le labbra serrate. Poi disse piano:

"Allora... è stato nascosto da chi ancora ci credeva."

Victor annuì. "E temeva. Esattamente in questo ordine."

Fu in quel momento che Lyra incrociò le braccia, lo sguardo che si posava ora sull'uno, ora sull'altro.

"Bene. Se dietro questo calice c'è una fortuna, o un oracolo perduto, o un culto dimenticato... direi che abbiamo più di una ragione per restare svegli stanotte."

Lo Straniero non rispose. Ma il modo in cui guardava il fondo del suo bicchiere diceva che era già un passo avanti. Rimase in silenzio per qualche istante, osservando il boccale tra le dita come se ci leggesse dentro. Poi alzò lo sguardo. Gli occhi erano diventati più duri. Più lucidi.

"Eppure... c'è ancora qualcosa che non torna."

Victor lo guardò confuso. Lyra sollevò un sopracciglio, attenta.

"Voglio dire," continuò lo Straniero, "capisco i cacciatori di tesori, gli avventurieri disperati, i collezionisti pazzi disposti a uccidere per un pezzo d'oro con un po' di storia appiccicata sopra."

Fece una pausa, lasciando scivolare la frase nell'aria densa del saloon.

"Ma una banda come quella... organizzata, armata fino ai denti, equipaggiata per un assalto, con uomini pronti a morire... no. Non si muove per un calice. Nemmeno se è d'oro."

Lo Straniero si fermò, poi aggiunse:

"Avevano già preso oro, gioielli, reliquie. Roba facile da piazzare sul mercato nero. Ma poi sono tornati indietro. Non solo per il Calice. Ma per rapire te."

Victor rimase in silenzio, teso.

Lo Straniero lo guardò di lato, con quella calma che non nasconde il sospetto.

"Nella miniera... ho sentito alcuni di loro parlare. Non lo facevano a voce alta. Uno ha detto che tutto era andato storto da quando avevano toccato quel Calice. Che portava sfortuna. O peggio."

Lyra lo fissava, seria.

"Dicevano che quella scelta, aveva attirato i leoni di Alkharan. Che non era un caso se avevano invaso la zona. Per loro era meglio liberarsi del Calice. E anche di te."

Victor sussurrò appena. "Ma non l'hanno fatto."

Lo Straniero annuì lentamente. Gli occhi si erano fatti più fermi.

"No. Il capo banda aveva ordinato diversamente."

Si fermò di nuovo. E il silenzio fece da contrappunto alla frase.

"Il motivo? Non lo dissero. Ma era evidente che avevano ricevuto ordini da qualcun altro."

Un'altra pausa. Più lunga.

Poi concluse, freddo:

"Chi... non si sa."

Lyra si fece seria. Si accasciò sul tavolo, lo sguardo perso nel vuoto.

"Magari volevano anche l'archeologo," disse piano. "Victor."

L'archeologo deglutì. Poi scosse il capo, come per liberarsi da un pensiero troppo assurdo.

"Impossibile. E per quale ragione? Non sembra che l'archeologia fosse proprio il loro campo di interesse."

"Qualcuno sapeva," mormorò lo Straniero. "Qualcuno a Valoria vi ha venduti. O peggio... qualcuno stava aspettando che il Calice venisse dissotterrato."

Victor alzò lentamente gli occhi. "Perché?"

Lo Straniero non rispose subito. Si prese un istante. Poi, con voce calma e ferma, disse:

"Lo hai detto te. È un'eresia. Perché a volte..."

Fece una pausa. Lo sguardo perso nel vuoto davanti a sé.

"...un oggetto antico non è solo un pezzo di storia. È una chiave."

Gli occhi di Lyra si strinsero appena. Victor trattenne il fiato.

"E qualcuno potrebbe sapere benissimo quale porta può aprire."

Poi si voltò di nuovo verso di loro, senza cambiare tono.

"E non è una stanza con qualche offerta votiva."

Un silenzio improvviso calò sul tavolo.

Nessuno parlò. Nessuno bevve.

Appena fuori dalla finestra, tra il sibilo del vento e il crepitio distante della sabbia, si udirono alcuni passi. Lenti. Regolari. Forse era solo un passante. Forse.

Eppure, lo Straniero si irrigidì. Il suo corpo non si mosse, ma qualcosa nei suoi occhi cambiò. La sua attenzione si spostò, silenziosa e precisa, verso il punto da cui proveniva il suono.

"Meglio che andiamo via," disse. La voce era bassa, ma definitiva.

Victor annuì senza discutere. Rimise con cura il Calice e il pendaglio nello zaino a tracolla, le mani lente ma ferme, come se stesse richiudendo un sepolcro. Poi si alzò.

Anche Lyra si mosse. Nessuno dei tre guardava l'altro, ma il silenzio tra loro era carico di accordo.

Dal fondo del saloon, tra il rumore delle bottiglie e le risate ubriache, si alzò una voce. Poi un'altra. Nessuno gridava, ma alcuni parlavano con toni più tesi. Qualcuno aveva sentito qualcosa.

"...dice che cerca un antico manufatto... qualcosa di raro. Pagano bene, pare. Molto bene..."

"...non ho visto nulla, ma se davvero è su Loren Prime..."

"...parlano di un simbolo, di una croce strana..."

Lo Straniero li superò con passo misurato. Nessuno lo notò. O almeno, nessuno lo mostrò.

Lyra uscì per prima, il cappuccio tirato su. Victor le andava dietro, il passo più rapido del solito. Lo Straniero chiuse la fila, senza guardarsi indietro.

Fuori, il vento riprese a muoversi.

E dietro di loro, la porta del saloon si richiuse da sola.

La notte a Lost Treasure era tutt'altro che immobile. Il vento correva tra gli edifici bassi come un presagio, sollevando sabbia fine e colpendo le lamiere con colpi secchi, irregolari. Le strade erano un mosaico di ombre tremolanti dei neon fuori dalle finestre — o di quel che ne restava: LED flessibili adattati a una nuova frontiera, eco degli antichi neon terrestri, installate decenni prima da qualche tecnico ubriaco e mai più sostituite. Emettevano una luce intermittente, colorata e disegnata come pubblicità di altri tempi — ma adesso sembravano segni superstiti, più che insegne.

Il rombo dei veicoli sulle piste esterne arrivava e spariva a scatti, trascinato dalle raffiche che scendevano dal deserto come lame fredde. Il cielo notturno, gonfio di nubi scure, rifletteva il bagliore violaceo della nebulosa di Lamia, mentre la sabbia in sospensione cancellava le stelle una dopo l'altra, come se il cielo stesse chiudendo le palpebre prima del temporale.

L'aria odorava di legno secco, metallo caldo, fumo elettronico e sabbia bruciata — la fragranza inconfondibile delle città di frontiera dimenticate da tutti, tranne che da chi è troppo stanco o troppo colpevole per andarsene.

La tempesta stava montando. La si sentiva nelle ossa.

E proprio in quell'angolo di mondo scosso dal vento, tre figure avanzavano nel buio, il passo veloce e misurato, le ombre trascinate dai fari lontani come corde tese. Nessuno parlava. Nemmeno Lyra. Solo il Calice nello zaino di Victor sembrava vibrare appena, un battito fievole, come un respiro trattenuto o un avvertimento dimenticato. Decisero di tornare nell'hotel di fronte al bar, prima che il cielo decidesse di aprirsi davvero.

Victor si fermò un istante sulla soglia, il calice avvolto nel panno scuro tirato fuori dallo zaino.

"È meglio che stanotte lo tenga tu," disse a bassa voce. "Ma prima voglio studiarlo ancora un po'. Te lo porto più tardi."

Lo Straniero annuì senza fare domande. Il suo sguardo, duro e vigile, tradiva la stessa preoccupazione che Victor sentiva crescergli dentro.

"Va bene," mormorò. "Ma non girare troppo con quella cosa in mano. E... non restare solo troppo a lungo. Se serve, sono nella stanza accanto."

Victor accennò un cenno secco.

"Un'ora. Due al massimo."

Stringeva il panno, come se ne sentisse pulsare il peso. Poi si separarono nel corridoio buio.

Allo Straniero non piaceva l'idea di dormire con un manufatto per cui qualcuno era disposto a uccidere, ma sapeva di essere il più adatto a tenerlo al sicuro.

Salirono nelle loro stanze senza dire altro, convinti che attirare attenzioni sarebbe stato stupido quella notte.

Lo Straniero chiuse la porta dietro di sé, posò lo zaino vuoto sul tavolo e si tolse la giacca di pelle. Si lasciò cadere sulla sedia accanto alla finestra, osservando la strada dal balcone in cerca di movimenti sospetti.

Tutto sembrava in ordine.

Ma non si fidava mai davvero di un silenzio così perfetto.

La mente tornò alla missione, all'adrenalina che ancora gli scorreva addosso...

e a Lyra.

Bella e pericolosa.

Un guaio.

Un dannato guaio.

La testa continuava a ripetergli di starle lontano.

Eppure...

Nella sua stanza, Victor si tolse gli stivali con un gesto lento e si slacciò la camicia, gettandosi senza forze sul letto.

La luce smorzata della nana rossa filtrava dalla finestra, mescolandosi ai riflessi azzurri della Nebulosa di Lamia, gettando ombre irreali sulle pareti.

Victor rimase lì, immobile, a fissare il soffitto screziato di crepe, mentre la mente rifiutava il sonno.

Il Calice.

La cripta nascosta nella piramide.

Le ombre della piana di Elyar-Zan, con i suoi giganti di pietra, sentinelle di un passato dimenticato.

Tornavano tutte a lui, una dopo l'altra, come spettri.

Qualcuno lo aveva tradito a Valoria, aveva detto lo Straniero.

Ma chi?

E per cosa?

Perché la Chiesa avrebbe dovuto farmi rapire? Continuava a chiedersi.

Non ha senso.

Fra' Thalvos mi conosce benissimo... è una brava persona. E anche se non sono Richardson, qualunque cosa avrebbe potuto chiedermela.

Chiuse gli occhi, lasciando che il respiro lento si fondesse con il mormorio lontano del vento.

E fu allora che il ricordo tornò, vivido e pesante.

Il chiostro del monastero, attiguo alla Cattedrale di New London, respirava come un grande animale addormentato, immerso in una quiete irreale. Era pomeriggio inoltrato, quando l'autunno sfuma l'aria in un oro freddo, e persino il vento pare camminare in punta di piedi. Il silenzio era così pieno da sembrare vivo.

Un silenzio che ascolta.

Da qualche parte, oltre le navate della cattedrale, un antico organo a canne intonava note lente e profonde, come un respiro che saliva dalle pietre stesse.

Il vento attraversava il porticato, insinuandosi tra le arcate e le vetrate, mescolandosi al suono con un lamento appena percettibile.

Victor avanzò sotto le arcate gotiche, le colonne riflettevano l'ultima luce del giorno nelle vasche limpide, e in quell'acqua immobile c'era qualcosa di inquietante, come un presagio. Aveva ricevuto il messaggio criptato poche ore prima:

"Incontriamoci nel chiostro. Non nella Biblioteca."

Era già abbastanza per farlo stare in allerta. La Biblioteca era sacra — e sorvegliata. Il chiostro, invece, apparteneva ai morti e ai segreti.

Un'ombra apparve sotto un arco.

Frà Thalvos.

Abito color sabbia, volto scavato, gli occhi scuri che, appena li incrociavi, ti facevano capire che quel frate non era un semplice studioso della Chiesa. Erano occhi che portavano il peso di qualcosa di visto... e forse subito.

Si fermò davanti a lui a pochi passi.

"Grazie per essere venuto," disse il frate con un filo di voce.

"Se quello che avete scritto è vero," rispose Victor, "non avrei potuto ignorarlo."

Thalvos inspirò profondamente l'aria del chiostro, come per assicurarsi che nessuno stesse spiando dai muri. "Non volevo scrivere nulla riguardo a Elyar-Zan. Non in Biblioteca. Anche le pareti lì hanno occhi e orecchie. Qui almeno... le pietre tacciono."

Victor si irrigidì. "Cos'è che temete tanto?"

Il frate lo fissò. Quegli occhi — erano ombre dentro altre ombre.

"C'è qualcosa a Elyar-Zan, Victor."

Seguirono due battiti di silenzio. Poi il frate aggiunse:

"Un dolore antico — una ferita che non smette di sanguinare. Come le piaghe di Cristo."

Victor rispose subito, con rispetto ma anche con razionalità: "Cristo è risorto, padre Thalvos."

"Sì — Egli e la Dèa madre sono la via verso Sharaan. Verso Dio."
Il frate abbassò la voce.

"Eppure, a Elyar-Zan, è come se la resurrezione non fosse mai
arrivata."

Victor lo studiò. *Il frate aveva paura. Una paura profondissima.
Un uomo che non dovrebbe temere nulla, perché abituato a
guardare negli abissi dei testi proibiti.*

"Cosa vi tormenta?" chiese.

Thalvos serrò le mani nel mantello, come se stesse trattenendo
qualcosa che aveva bruciato troppo a lungo nel petto.

"Molti ci accusano di voler censurare la verità," disse. "Ma non è
questo il nostro scopo. Né della Chiesa, né dell'Inquisizione, né del
Monastero. Noi... proteggiamo la fede. Da ciò che potrebbe
corromperla. O distruggerla."

Fece alcuni passi, guidando Victor lungo il porticato. Le loro
ombre si allungavano sull'erba curata, mentre un vento gelido
sfiorava le antiche vetrate come se trattenessero una nota profonda,
mai del tutto spenta.

"L'uomo ha sempre cercato Dio," disse Thalvos. "Lo ha
inseguito dalla piana di Giza a Orione... fino a Rigel, che gli antichi
chiamavano la dimora degli Dèi. Eppure, cosa abbiamo trovato?
Rovine. Templi spogli. Monoliti instabili. Le tracce di una civiltà
morta da millenni che chiamavamo Dio, e le sue memorie disperse
nella notte dei tempi."

Victor annuì lentamente. Lui lo sapeva bene: metà della sua vita l'aveva passata a leggere rovine come fossero libri scritti nella pietra.

Il frate riprese, il volto più cupo:

"I primi coloni di New London piansero amaramente. Tutto ciò che trovarono erano rovine... ovunque. Monoliti instabili, templi crollati, pietre spaccate dal tempo. E davanti a tutto questo, la fede vacillò. Sembrava che Dio fosse morto. O lontano. O... semplicemente silenzioso."

Fece un respiro più profondo.

"Durante una battaglia per il controllo della città, l'esplosione di un ordigno distrusse parte dei resti di un antico tempio. E lì, sotto strati di polvere aliena, riemersero due cose."

Victor trattenne il respiro.

"Un'iscrizione sacra," disse.

"E sopra," proseguì Thalvos, "ciò che la Chiesa chiamò la Chiave di Dio."

Victor la vide nella mente: quell'immagine sacra che cresceva nei racconti, un oggetto che nessuno — fuori dai testi più antichi — aveva mai davvero compreso.

Il frate abbassò la voce fino a un sussurro:

"Una sfera incisa sulla parete. Perfettamente liscia. Fluttuante nell'aria. Come se non appartenesse né alla materia... né al tempo."

Un brivido attraversò Victor. Quel dettaglio lo colpiva sempre nel profondo.

Una sfera fluttuante non è solo un simbolo.

Non per lui, ma neppure per Richardson.

Thalvos si avvicinò di scatto, stringendogli un braccio con forza inaspettata.

"La Chiave di Elyandraa!" sibilò. "Se ciò che attende sotto Elyar-Zan è collegato alla Chiave di Elyandraa, allora siamo molto più vicini al confine di ciò che l'uomo può comprendere — e sopportare."

La voce del frate non era più quella di un monaco. Era la voce di un uomo che aveva studiato troppo, e dormito troppo poco.

Victor rimase immobile. Le note dell'organo si fecero più ampie, solenni, come se qualcosa avesse preso forma nell'aria.

Quella sensazione al petto, la conosceva.

Era l'inizio di un destino.

Thalvos si irrigidì, come se ascoltasse un suono che Victor non poteva sentire.

"Se ciò che pulsa a Elyar-Zan è davvero legato a Elyandraa — allora siamo già sotto giudizio. L'uomo non dovrebbe mai entrare nel pensiero di un Dio."

Si avvicinò ancora, la voce più bassa.

"Hai visto il Cristo di Michelangelo, Victor?

Non tende la mano: decide.

E ciò che dorme sotto Elyar-Zan — farà lo stesso."

Un brivido lento, glaciale, risalì la spina dorsale di Victor. Non era superstizione. Era la sensazione lucida e razionale che qualcosa — *qualcosa di enorme* — stesse per cambiare tutto.

Thalvos concluse con un filo di voce: "Tu sei la persona giusta. La tua mente è aperta, ma non corrotta. Sei capace di guardare oltre ciò che conosciamo, senza farti inghiottire dall'abisso."

Victor chinò leggermente il capo. "Cosa devo fare padre?"

"Vai a Elyar-Zan," disse il frate. "Anni fa durante la guerra, un pilota precipitò sulla piana finendo dentro una piramide aliena antichissima... E' lì che troverai le prime risposte. Ma prima cerca gli Shonaka. Sono loro che custodiscono il dolore più antico, più di chiunque altro. E sono loro che ne sorvegliano i misteri"

Victor inspirò lentamente.

Il frate gli posò una mano sulla spalla.

"Va', figliolo. Con la benedizione di Sharaan e di nostra Signora."

Victor annuì e si allontanò. Non guardò indietro. Il vento continuava a soffiare contro le vetrate, più lieve, come un canto lontano che ormai non tratteneva più.

Elyar-Zan

Un dolore antico

Era lì che sarebbe iniziato tutto.

Quando Victor fece per voltarsi, Thalvos lo richiamò con un filo di voce.

"Victor..."

Si avvicinò di un passo, poi un altro. Sembrava quasi che le sue vesti pesassero il doppio. Gli occhi non riuscivano più a stare fermi.

"C'è... un'ultima cosa."

Victor attese. La frase si insinuò come una corrente fredda. Il frate guardò di sfuggita le arcate del chiostro, come se temesse che le pietre potessero riferire le sue parole al Concilio. Quando parlò, lo fece a mezza voce, con la lentezza di chi è costretto a dire qualcosa che non vuole nominare.

"Dentro quella piramide," sussurrò, "c'era una croce di Sharaan... rovesciata."

Il vento passava tra le vetrate della cattedrale con un suono quasi umano, come un lamento.

Victor rimase immobile, la schiena gelata.

Una croce rovesciata? Lì?

Thalvos, invece, sembrava svuotato.

"Il pilota giurò di averla vista," disse piano. "Incisa sulla parete. Era ancora vivo il mattino dopo, quando giunsero i soccorsi. Agonizzante, sì... ma lucido a tratti. Continuava a indicare un punto della parete nella grande sala. Sempre quello. Mentre lo portavano via, nel fumo che ormai riempiva tutto con le pareti già annerite dalla fuliggine e dalla polvere del crollo."

Una foglia secca rotolò lungo il selciato, spinta da un soffio di vento. Victor inspirò appena, come se quell'immagine gli avesse attraversato la pelle.

Quindi era lì — nascosta, soffocata, cancellata dal disastro stesso.

La voce del frate si fece più bassa, più intima.

"Continuava a indicare quel punto," mormorò. "Come se sapesse che il simbolo era lì... anche se nessuno poteva più vederlo."

Victor sollevò appena la testa.

"Forse era solo shock," disse. "O la mente che cerca un appiglio nell'oscurità. Il fumo, la confusione della notte..."

Thalvos annuì lentamente.

Non in disaccordo.

Ma come un uomo che ascolta l'altra metà di una verità più grande.

"Forse," mormorò.

La parola gli uscì strozzata, come se gli pesasse sulla lingua.

Poi aggiunse, più cupo, più sincero:

"Ma certe cose, Victor... certe cose non avvengono mai per caso."
Il vento sfiorava le vetrate in un sussurro, come se le pietre stesse
avessero ricordato qualcosa.

E Victor capì — anche se non voleva ammetterlo — che quella
storia non era un semplice incidente di guerra.

Era come un avvertimento.

Un presagio inciso nella pietra.

Un destino che ora aveva toccato anche lui.

Curioso, pensò.

Perché proprio quella stessa parete — quella che il pilota
indicava, quella dove giurava di aver visto la Croce rovesciata — era
stata sventrata dall'esplosione della dinamite.

La colonna e il transetto erano crollati addosso alla parete come
un colpo di martello cosmico, sfondandola esattamente in quel
punto. Poi la lastra si era spezzata, aprendo il varco verso la cripta.

Non potevo trovare quella croce, si disse. *E non potevo sapere con
certezza chi adorasse davvero quel luogo in superficie.*

Ma ciò che aveva trovato lì sotto parlava più di qualsiasi parete.

Il calice.

Con entrambi i simboli.

Affiancati.

Uniti da qualcosa che nessuno aveva ancora il coraggio di nominare.

E quell'incisione della sfera...

La stessa che è nelle rovine sotto la Cattedrale di New London.

La stessa che non avrebbe dovuto essere lì.

La Chiave di Elyandraa.

La Chiave di Dio.

Qualunque cosa significasse.

***

Victor riaprì lentamente gli occhi.

La luce della Nebulosa di Lamia tremolava ancora dietro la finestra.

Forse Fra' Thalvos aveva cercato di avvertirmi.

Forse, in fondo, mi aveva già detto tutto.

Si alzò dal letto con un sospiro, attraversò la stanza e attivò il proiettore olografico. La parete si illuminò di appunti fluttuanti, linee di testo e simboli sospesi come polvere di luce. Scorse lentamente tra le annotazioni, finché lo sguardo non si fermò su una riga solitaria, evidenziata.

Era il risultato della traduzione automatica, elaborata con l'IA linguistica che aveva programmato per decifrare un frammento inciso sull'altare al centro della Piramide.

"L'Anello si spezzò e le stelle piansero la caduta degli Dèi."

Rimase immobile.

Per un istante, il silenzio della stanza sembrò riempirsi di sabbia e calore.

Gli tornò alla mente un'immagine sfocata, sepolta sotto il rumore della fuga, tra polvere e detriti. Nel saloon ne aveva parlato come di un piedistallo. Ma più ci pensava, più gli tornava in mente una forma diversa. Più lunga. Più regolare. Più... umana.

Uno spigolo appena visibile tra le macerie del pavimento crollato. Un sarcofago. O qualcosa di molto simile. Forse un altare. Non aveva avuto il tempo di esaminarlo, ma da allora, una domanda lo tormentava.

Di chi era?

E quelle parole...

Senza accorgersene, fece scorrere un secondo file, annotato settimane prima, con una calligrafia più incerta. Era un frammento trascritto dalla voce roca di Kahoteh Nahweva, la notte in cui le luci avevano danzato sopra i monoliti.

"Elyar-Zan non è silente. Elyar-Zan sogna. Nel cuore della sabbia riposa il Calice, colmo del Pianto delle Stelle. Il Canto della Frattura non è finito. Solo chi ricorda ciò che ha perduto, potrà svegliare ciò che dorme."

Victor lesse in silenzio.

Quando trovò il Calice nella cripta, sotto la piramide sepolta di Elyar'Zan, Victor credette per un istante di avere le allucinazioni.

Lo raccolse da terra, fra macerie e sabbia. Il Calice vibrò nella sua mano. Poi il metallo antico iniziò a emanare un bagliore blu-argenteo.

Lentamente, si sollevò dal palmo della sua mano. La sabbia che ne ricopriva la base iniziò a scivolare verso il basso, cadendo tutt'intorno in una strana cascata circolare, come sospinta dalla stessa forza invisibile che lo teneva sospeso.

Victor rimase immobile, il cuore che batteva nelle tempie.

Poi tornò a posarsi nella sua mano, come se nulla fosse accaduto.

Abbassò lo sguardo verso la scrivania dove ora si trovava, lì accanto alla finestra, la luce della Nana Rossa che lo illuminava.

E il Calice, sul tavolo, tremò appena sotto il respiro delle stelle.

Un movimento impercettibile, quasi un riflesso, come se qualcosa lo avesse sfiorato senza toccarlo. Victor trattenne il respiro per un istante, le pupille fisse sulla sua superficie opaca, ora velata da un riflesso bluastro.

Forse era solo la misteriosa notte di Loren Prime.

La luce blu-azzurra della nebulosa di Lamia filtrava obliqua attraverso la finestra semichiusa, accarezzando le pareti con sfumature liquide. E da sud, al di là della catena montuosa, la nana rossa irradiava bagliori cremisi, pulsando a intervalli lenti come un cuore distante. Forse era solo quella luce, che inganna i sensi e mescola il sogno alla materia. Forse era solo stanchezza. Le troppe domande. Le troppe voci. I ricordi che non vogliono tacere.

Eppure, per un attimo — sembrava che il Calice respirasse. *Il Canto della Frattura...*, ricordò Victor. Lo sciamano gli aveva parlato di un canto che solo gli oggetti antichi ricordano.

E ora... il Calice sembrava voler cantare.

Victor lo osservò, ancora posato sul tavolo. Vibrava piano, quasi impercettibilmente, come se rispondesse soltanto alla luce cremisi della nana rossa. Le sue mani erano ferme, ma dentro qualcosa si muoveva. Non era il rumore del vento, né l'eco dei pensieri. Era qualcos'altro.

Un suono.

Un canto.

All'improvviso, Victor lo udì. Non con le orecchie, ma con quella parte della mente che aveva imparato ad ascoltare le cose che non parlano. Un canto basso, lento, rituale. La voce dello sciamano. Laggiù, nella piana di Elyar-Zan.

Fu come se i sensi si piegassero e la coscienza venisse trasportata altrove. Oltre le pareti della stanza, oltre la città silenziosa, oltre i deserti di sabbia e cristallo. Il mondo si aprì, e il canto si fece più nitido.

Le fulminazioni correvano sopra i monoliti antichi, cariche blu-argentee che esplodevano lungo i bordi scheggiati delle strutture come scintille su una pelle viva. Il cielo era immobile, come trattenuto in un respiro cosmico. E sotto quell'immobilità, la tenda dello sciamano ardeva di silenzio e memoria.

All'interno, Kahoteh Nahweva sedeva a gambe incrociate, il volto rivolto al fuoco, gli occhi chiusi come se stesse vedendo qualcosa che nessun altro poteva vedere.

Tra le mani reggeva con solenne lentezza il Sha'rin-ka, l'antico tamburo cerimoniale degli Shonaka'eyah. Il cerchio era scolpito in legno scuro e inciso con simboli dimenticati; al suo interno, la sabbia nera vulcanica scivolava in cerchi invisibili a ogni movimento, producendo un suono basso e crepitante, simile al respiro della terra.

Ogni vibrazione si fondeva con la voce dello sciamano, che si alzava in un canto lento e profondo, in una lingua rituale che non chiedeva di essere compresa... ma solo ascoltata. Era la lingua del vento e della frattura, della polvere e delle stelle.

Il canto si alzava e ricadeva come sabbia al vento. A ogni pausa, lo sciamano prendeva una piccola manciata di polvere — zolfo o forse pirite frantumata — e la gettava nel fuoco. Le fiamme rispondevano con scoppiettii secchi, alzando lampi gialli che illuminavano per un attimo i simboli incisi sul bordo del braciere.

Fuori, i monoliti continuavano a brillare, come se ascoltassero.

E sopra ogni cosa, la nana rossa pulsava lentamente.

Victor sentiva ancora il canto, come se provenisse dal Calice stesso. Come se le due realtà si fossero fuse in un'unica memoria.

In un unico sogno.

Kahoteh aprì appena le labbra, e la sua voce si fece strada tra le corde tese dello strumento, come sabbia trascinata dal vento. Non fu un suono umano, ma qualcosa di più profondo — qualcosa che sembrava sorgere dalla terra stessa, o da molto più lontano, come un'onda che ha atteso millenni per toccare riva.

Le sue dita, scure e nodose, accarezzarono con lentezza la cetra rituale degli Shonaka'eyah. Il legno vibrò sotto il tocco, e la pietra intagliata rifletté deboli bagliori ramati. La melodia si mescolava al respiro del fuoco, agli scoppiettii secchi della brace, al silenzio vivo dei monoliti che ascoltavano da fuori.

Poi iniziò a cantare.

✦ *Canto della Frattura*

(in lingua rituale Shonaka)

"Amah-tyel Na'ko ren
Khael-tura ven harah
Elyar sanu-thaan
Ka'ren sha-nur
Cal-enan... sha'al."

Victor ricordava le parole. Le aveva trascritte settimane prima, e ora le sentiva di nuovo. Non solo con l'udito, ma con la pelle, con le ossa.

"Nel cuore infranto del tempo caduto,

il pianto delle stelle scende come voce silenziosa.

Elyar-Zan ancora sogna.

Chi ricorda ciò che ha perduto,

può udire l'eco dell'Anello Spezzato che canta."

A ogni strofa, la voce dello sciamano si faceva più ruvida, più roca, come se non cantasse con la sola gola, ma con il peso degli anni e con la memoria dei morti. Il canto non cercava d'essere compreso: era una preghiera arcaica, un richiamo dimenticato, una vibrazione che parlava a ciò che dormiva sotto la sabbia.

Lo strumento tremava tra le sue mani. Non sembrava più uno strumento, ma una creatura viva, che rispondeva al canto come se lo conoscesse da prima del tempo. Ogni nota allungava il respiro del fuoco, ogni parola rendeva più densi i silenzi.

Kahoteh prese una manciata di polvere dorata, fine come sabbia di stella, e la lasciò cadere nella brace. La fiamma reagì subito, crepitando con lampi gialli, quasi volesse partecipare al canto. Le ombre sulla tenda si contorsero, proiettando simboli distorti che parevano antiche lettere in movimento.

Fuori, i monoliti brillavano a intermittenza, percorsi da linee elettriche blu-argentee che si ramificavano come nervi cosmici.

Alcune scariche toccavano l'aria senza suono, altre si riversavano nel terreno, come se cercassero qualcosa sepolto.

E sopra ogni cosa, la nana rossa pulsava lentamente, cremisi e viva, come un cuore nel cielo. A ogni battito, la luce scendeva sulla tenda come un respiro divino.

Victor, nel silenzio della sua stanza lontana, vedeva tutto. Sentiva tutto. Il Calice non vibrava più: ascoltava.

E nel suo cuore, il Canto della Frattura non era più un ricordo — era presente.

Era adesso.

Era lui.

Non riusciva a smettere di pensare a quella cripta. Tutta quell'intera costruzione, la piramide, le incisioni sull'altare, la croce, e il posto in mezzo alla piana di Elyar Zan, significa solo una cosa.

Troppo prezioso per essere distrutto, troppo pericoloso per essere ritrovato.

Victor spense l'ologramma con un tocco lento. La stanza piombò nel buio tiepido e immobile. Avvolse il manufatto nel panno e uscì nel corridoio, riportandolo allo Straniero in silenzio.

Uno scambio rapido, senza parole: solo un cenno del capo, un'intesa muta tra uomini che avevano visto troppo.

Tornò nella sua stanza e si lasciò cadere sul letto, la mente affollata di pensieri troppo grandi.

Troppo antichi.

Fuori, il vento di Loren Prime ululava tra le strade deserte, come a ricordare che nemmeno la notte poteva seppellire certi ricordi.

Un colpo secco alla porta lo riportò alla realtà.

Lo Straniero si irrigidì. Un riflesso automatico. In un istante, il revolver era nella sua mano.

"Chi è?" chiese con voce bassa e tagliente.

Dall'altro lato della porta, una voce familiare rispose con il solito tono provocatorio.

"Secondo te?"

Era Lyra.

Lo Straniero chiuse gli occhi per un secondo, come se volesse imprecare. Poi fece scorrere il revolver nella fondina e aprì la porta. Lyra era lì, appoggiata allo stipite, le braccia incrociate e quel sorrisetto furbo sulle labbra.

Lo Straniero si fece di lato, facendo un cenno con la testa.

"Prego."

Lyra entrò con passo lento e controllato, la porta si chiuse con un leggero clic dietro di lei.

Restò fermo. Immobile. Gli occhi fissi su di lei, il respiro controllato, mentre Lyra si appoggiava con noncuranza alla porta, il sorrisetto sulle labbra e gli occhi scuri colmi di sfida. Si era sistemata con intenzione, il corpo rilassato, il peso scaricato su un fianco, le mani sulle anche, perfettamente a suo agio nella sua piccola provocazione.

"Mi sentivo sola nella mia stanza..."

Lo disse lenta, bassa, con quel tono appena malizioso, appena ironico. Come se sapesse esattamente cosa stava facendo.

Lo Straniero la osservò senza muoversi, impassibile come una statua. Ma dentro, qualcosa si stava muovendo. Sentiva il punto di rottura avvicinarsi, come una lama che preme sulla pelle senza ancora incidere. Basta. Aveva superato il limite. Lo aveva provocato troppo. E lui non aveva alcuna intenzione di permetterle di vincere quella partita.

Un battito di ciglia.

Ed era già su di lei.

La spinse contro il muro, il suo corpo che schiacciava il suo senza lasciare spazio all'illusione di controllo. Lyra non ebbe nemmeno il tempo di respirare. Le afferrò il polso, portandoglielo sopra la testa, bloccandola con facilità, con una calma feroce. Il calore delle sue dita bruciava contro la pelle.

Il respiro di Lyra cambiò. Solo un piccolo, impercettibile sussulto. Ma lo Straniero lo sentì. E sorrise appena. Poi, con lentezza, le prese il mento tra le dita. Lo fece senza fretta, con una precisione disarmante, obbligandola a guardarlo.

I suoi occhi erano di un azzurro tagliente. Freddi. Glaciali. Occhi che sembravano aver visto troppo e dimenticato troppo poco. Occhi che non lasciavano via d'uscita. Per un istante, Lyra si perse in quella profondità trasparente e inumana.

"Ora basta," disse.

Tre parole. Basse. Profonde. Definitive.

Lyra cercò di mascherare l'effetto che gli faceva. Ma i suoi occhi la tradirono, rivelando molto più di quanto avrebbe voluto. Lui lo capì. Come sempre.

Scivolò con la mano lungo il suo fianco, esplorando ogni curva con un tocco lento e deliberato. Lyra si morse il labbro, cercando di restare padrona della situazione. Ma quel momento... quel preciso istante... era diverso.

Era questo il momento in cui la maggior parte degli uomini perdeva il controllo. Ma lo Straniero non era come la maggior parte degli uomini. Era paziente. Era dominante. E lei lo sentiva. Lo sentiva in ogni gesto misurato, in ogni sguardo che sembrava vederla più in profondità di quanto avrebbe mai ammesso.

Quando le prese il mento tra le dita, obbligandola a guardarlo negli occhi, sentì le gambe quasi cedere sotto quella presa decisa, sicura, come se il suo corpo riconoscesse qualcosa di antico, istintivo, incontestabile.

"Dimmi," sussurrò lo Straniero, la voce ruvida e bassa contro il suo orecchio, "quanto pensavi di poter giocare prima che reagissi?"

Lyra aprì la bocca per rispondere. Ma non ne ebbe il tempo.

Lui la baciò.

Non con esitazione.

Non con dolcezza.

Con il controllo assoluto di chi prende ciò che è già suo.

Le loro lingue si cercarono, si scontrarono. La tensione esplose in un lampo, rovente, inevitabile. Le mani di Lyra scivolarono sulle sue spalle, affondarono nelle sue braccia, sulle linee dure del suo corpo. Lui le strinse il collo con una presa decisa, dominante, quanto bastava per ricordarle chi comandava.

Lei sussultò.

Nessuno, nessuno l'aveva mai presa così. Con quella sicurezza. Con quella precisione. Come se la leggesse nel profondo, come se sapesse esattamente cosa voleva ancor prima che lei potesse capirlo.

Affondò le dita nei suoi fianchi, la girò di scatto, premendola contro il muro. Lyra ansimò appena, il petto che si sollevava rapido. La sua mano scivolò lungo la sua schiena, risalì sotto la giacca di pelle.

Lei tremò.

Non per paura.

Non per esitazione.

Ma perché non aveva mai desiderato niente come in quel momento.

Lo Straniero la prese come se lo avesse sempre saputo. Come se ogni provocazione, ogni parola, ogni sguardo li avesse portati esattamente lì. Senza esitazioni. Senza possibilità di fuga. Con il controllo totale su ogni singolo istante di quella notte.

E Lyra lo lasciò fare.

Perché, dannazione, mai nessuno aveva saputo farlo meglio di lui.

"Non è la macchina a spaventare.
È l'umano che la guida meglio di loro."

— Cael Skyler
Archivio Accademia di Arcadia, Anno 2870

Capitolo V

Lo Straniero si svegliò lentamente, la mente ancora avvolta nel torpore della notte appena trascorsa. Per un istante, tutto sembrava ancora lì. Il profumo di lei sulla pelle. Il calore del suo corpo contro il suo. Il sapore delle sue labbra.

Ma quando allungò una mano accanto a sé nel letto... trovò solo il vuoto.

Aprì gli occhi del tutto, il suo sesto senso già in allerta. La stanza era silenziosa, troppo silenziosa. C'era quella strana calma che segue una tempesta, e che puzza di assenza più che di pace.

Sul cuscino accanto al suo, qualcosa catturò la sua attenzione. Un piccolo foglio, piegato con precisione, scritto in una grafia elegante e veloce.

Lo prese tra le dita, lo sguardo che scorreva sulle parole.

"Questa notte è stata bellissima... Un bacio."

Nient'altro. Nessuna spiegazione. Nessun addio. Nessun indizio. Solo quelle poche parole. Solo Lyra.

Rimase immobile per un lungo secondo. Poi una fitta di consapevolezza lo colpì come un pugno.

Il calice.

Dannazione, Lyra.

Scattò giù dal letto, attraversò la stanza a passi rapidi. Afferrò lo zaino dove la sera prima aveva riposto il manufatto e lo aprì con furia.

Vuoto.

Il calice era sparito.

Serrò la mascella, il biglietto ancora tra le dita, mentre si avvicinava alla finestra. Aprì le tende e uscì sul piccolo balcone. Lost Treasure era già sveglia sotto il cielo rosato del mattino. Mercanti, contrabbandieri, qualche veicolo da carico che scivolava tra la polvere.

Di Lyra, nessuna traccia.

Abbassò lo sguardo sul foglio.

E sorrise.

Era furioso, certo. Ma dentro di sé, sapeva che sarebbe successo.

Non aveva resistito.

Non poteva.

Quel bottino era troppo per lei. Troppo per lasciarselo sfuggire.

Eppure, qualcosa era stato diverso. C'era stato uno sguardo, un tocco, un silenzio carico di qualcosa che non era solo inganno. Non era stato solo un gioco.

Ma ora non contava più.

Il calice era sparito.

E la partita era cambiata.

Sospirò. Si voltò verso la stanza e iniziò a vestirsi. Non gli restava che raccogliere le sue cose... e parlarne con Victor. Anche se ormai, dentro di sé, lo sapeva.

Quel manufatto era perduto.

Almeno per ora.

Un colpo alla porta interruppe i suoi pensieri.

Lo Straniero si voltò di scatto, ancora con il biglietto tra le dita.

"Straniero? Sei sveglio?"

Victor.

Sospirò, passandosi una mano tra i capelli, poi si avvicinò alla porta e la aprì.

Victor lo squadrò per un istante, osservando la sua espressione tesa. Poi notò il letto sfatto, lo zaino aperto, e il foglio che il suo compagno teneva ancora in mano.

"Eh... c'era da aspettarselo," disse con tono basso, quasi dispiaciuto.

Lo Straniero gli lanciò un'occhiata silenziosa, poi si scostò per farlo entrare.

Victor si accomodò su una sedia di metallo accanto al tavolo, mentre lui richiudeva la porta alle sue spalle.

“Forse…” disse infine, gettando il biglietto sul tavolo.

“Eppure c’è qualcosa di speciale in quella ragazza.”

Victor sollevò un sopracciglio.

“Oh? La ladra che ti ha appena fregato un manufatto dal valore inestimabile? Sì, speciale di sicuro.”

Un accenno di sorriso amaro gli increspò le labbra.

“Non è come le altre,” replicò. “E poi, ehi… ci ha anche aiutati.”

Victor lo fissò per un lungo istante, poi scosse la testa, abbozzando un sorriso divertito.

“Sì, forse è così.”

Fece una pausa.

“Ma prima o poi finirà per metterti nei guai.”

Lo Straniero sbuffò, appoggiandosi alla scrivania della stanza.

Victor lo osservò con un’aria più saggia di quanto lui avrebbe voluto ammettere.

“Non preoccuparti,” disse infine.

“Sono certo che la rivedrai.”

Lo Straniero lo guardò di lato, inclinando appena la testa.

“E tu che ne sai?”

Victor alzò le spalle, malizioso.

“Non penserai mica che abbia solo stretto calici nella mia vita?”

Per un istante, il silenzio fu totale. Poi, entrambi scoppiarono a ridere. Una risata breve, vera, che spezzava solo in parte il peso di quell'assenza.

Era strano.

Strano come, anche dopo un colpo del genere, il fascino di Lyra Velis fosse ancora lì, scolpito nella mente dello Straniero come una cicatrice che non si rimargina.

E qualcosa, qualcosa dentro di lui... gli diceva che non sarebbe svanito tanto presto.

Il sole di Loren Prime batteva implacabile sulla città, alto nel cielo rossastro, scaldando il metallo arrugginito degli edifici e facendo tremolare l'aria sopra la polvere della strada principale. L'aria era ferma, soffocante. Un caldo secco e tagliente che sapeva di sabbia, carburante e tensione sospesa.

Mezzogiorno.

L'ora in cui si regolano i conti.

La città di Lost Treasure era ancora animata. Victor stava ancora ridendo, seduto accanto al tavolo della stanza, quando una voce ruppe l'equilibrio. Ruvida. Rauca. Amplificata da un vecchio megafono o, peggio, dalla pura rabbia di un uomo ancora in piedi contro ogni probabilità.

"STRANIERO! VIENI FUORI, TI VOGLIAMO PARLARE!"

La frase rimbalzò tra i vicoli e le pareti metalliche, tra insegne al neon sfarfallanti e cartelloni pubblicitari corrosi dalla sabbia. Un attimo dopo, tutto cambiò.

Le conversazioni si interruppero di colpo. I mercanti smisero di parlare e iniziarono a chiudere in fretta i banchi. I clienti lasciarono cadere le bevande e si rifugiarono nei bar. Le porte delle case si sbarrarono con colpi secchi.

Dentro la stanza dell'hotel, Victor alzò lo sguardo di scatto. Lo Straniero rimase immobile per un istante, gli occhi che si stringevano mentre valutava la situazione. Si voltò lentamente verso la finestra.

Una lama d'ombra gli attraversò il volto, mentre la luce dorata del mezzogiorno filtrava tra le tende leggere.

Lì fuori, Loren Prime ardeva sotto la sua stella arancione. Non abbastanza vicina da essere bruciante, ma abbastanza da rendere ogni mezzogiorno carico di luce e polvere. Un bagliore intenso, secco, dorato, che trasformava la città in un forno di tensione e attese.

"Amici tuoi?" chiese Victor, cercando rifugio dietro il sarcasmo.

Lo Straniero non rispose. Fece scorrere silenziosamente la porta del balcone e sbirciò fuori.

In strada, cinque uomini. Ma uno spiccava più degli altri.

Il capo della banda della miniera.

Era sopravvissuto ai Leoni di Alkharan, all'inseguimento notturno nella giungla tra i canyon, e perfino ai cacciatori di taglie.

Ancora vivo.

Ancora armato.

Ancora intenzionato a chiudere i conti.

I quattro uomini che lo affiancavano avevano già le mani sulle fondine, lo sguardo predatorio fisso sull'edificio.

Lo Straniero spostò appena il peso sul piede. Un gesto minimo. Un errore.

Il bandito alzò lo sguardo.

Lo vide.

BANG!

Il colpo esplose come un tuono secco. Lo Straniero si scostò all'istante. Il vetro esplose in mille frammenti, e la stanza fu invasa da vento caldo e luce aranciata. La scarica laser sfiorò la sua testa e bruciò la tesa del cappello, strappando via il bordo sinistro in un'esplosione di feltro incandescente. Il cappello girò sulla testa, fumando.

Victor si gettò a terra con un'imprecazione.

"Maledizione! Ma questi sparano prima di negoziare?!"

La voce del bandito tornò a farsi sentire, più forte, più carica di veleno.

"STRANIERO! VIENI FUORI, NON FARE IL CODARDO!"

Altri colpi. L'insegna dell'hotel saltò in aria. Una pioggia di scintille e metallo rovente che si abbatté sul marciapiede, mentre la luce della stella continuava a scivolare ovunque come una lama dorata.

"Vogliamo solo il manufatto, e poi ce ne andremo!"

Bugie.

Lo Straniero lo sapeva. Anche se avesse avuto ancora il calice — e non ce l'aveva — consegnarlo avrebbe significato ricevere una scarica alla schiena al primo passo. E poi — non avrebbe mai tradito Lyra in quel modo. Nemmeno ora.

La luce della stella arancione continuava a filtrare nella stanza devastata, colorando i frammenti di vetro di riflessi caldi e sinistri.

Fuori, tra polvere e metallo, tre ombre lo aspettavano.

Non erano lì per parlare.

E non erano lì per il calice.

Erano lì per lui.

La città intorno a loro sembrava trattenere il respiro.

Lo Straniero poteva quasi sentirli: occhi dietro vetri impolverati, dietro persiane abbassate, dietro porte chiuse in fretta. Gente che non avrebbe mosso un dito per intervenire, ma che non si sarebbe persa nemmeno un secondo di ciò che stava per succedere. In quei luoghi dimenticati dalla legge, dove l'unica regola è la sopravvivenza, il sangue era spettacolo. E quel giorno, lo spettacolo aveva un solo nome.

Un cigolio lontano ruppe il silenzio. Il vento, carico di sabbia e metallo, fece sbattere una lamiera arrugginita su un tetto. Un suono secco, tagliente. E in quel momento, lo Straniero prese la sua decisione.

Si voltò verso Victor, che lo guardava con un misto di curiosità, ansia e quella rassegnazione tipica di chi ha già visto troppe storie iniziare così, e quasi nessuna finire bene.

"Sta' giù," disse lo Straniero. La voce era piatta, decisa. "Ci penso io."

Victor sbuffò, ma non protestò davvero.

"Sì, certo. Tanto non sei tu quello che stanno cercando di fare fuori."

Un sorriso storto sfiorò le labbra del Straniero.

"Non ancora."

Fece scorrere lentamente il revolver nella fondina. La mano era ferma, il gesto preciso, misurato. Ogni movimento aveva il peso di qualcosa già deciso.

Prese un respiro profondo, poi si diresse verso la porta. La luce del mezzogiorno, dorata e implacabile, filtrava attraverso le crepe della finestra, disegnando linee incandescenti sul pavimento. Sembravano fenditure nella realtà, tagli netti pronti a inghiottire tutto ciò che era incerto.

Fuori, i banditi lo aspettavano.

E lo Straniero non aveva alcuna intenzione di deluderli.

Il sole un peso vivo sulla schiena del mondo.

Lo Straniero stava per uscire. E il mondo, per un attimo, trattenne il fiato con lui.

Aveva il corpo teso come una molla, lo sguardo freddo come acciaio estratto nel momento esatto prima di colpire. Il cappello era ancora sulla testa, la tesa sinistra bruciata, fumante, segnata dal colpo di pochi minuti prima. Un simbolo perfetto di quanto la linea tra la vita e la morte fosse diventata sottile.

E poi, proprio quando stava per varcare la soglia, la voce del bandito con la cicatrice squarciò di nuovo l'aria.

Questa volta con una nota diversa.

Cruda. Sadica.

"Forse dovremmo chiederlo alla ragazza, eh, Straniero?" rise, con la voce ruvida. "Lyra... Ci divertiremo un po' con lei. Sono sicuro che accetterà, eh?"

Il cuore dello Straniero mancò un battito. Il bastardo aveva qualcosa in mano. Lo sollevò. Il cinturone di Lyra. Il tempo si congelò. L'aria diventò più pesante. Più tagliente. Ogni rumore sparì. Tutto si ridusse a quell'oggetto. A quella frase. A quel sorriso. Lyra era stata catturata. Il sangue dello Straniero ribollì. Una scossa elettrica lo attraversò dal petto alla mascella. Ogni parte di lui si tese, ogni pensiero si ridusse a un unico impulso.

Figlio di puttana.

Non era più un confronto. Non era più una trattativa. Non era più una missione. Ora era personale. Non doveva solo fuggire. Non doveva solo sopravvivere.

Doveva farli fuori.

Tutti.

Lo Straniero cambiò tattica all'istante.

Si liberò del vecchio cappello bruciato senza esitare, lasciandolo cadere a terra come un trofeo ormai inutile. Invece di dirigersi verso l'uscita, si voltò e puntò dritto verso la scrivania.

Victor lo guardò, sbigottito.

"Aspetta, ma che diavolo—"

Ma lo Straniero era già in movimento. Passò accanto a Victor con la rapidità di un'ombra, senza una parola. Allungò una mano con naturalezza e, senza rallentare nemmeno un passo, gli afferrò il cappello dalla testa. Il gesto fu fluido, preciso, perfettamente coreografato. Come se lo avesse fatto mille volte. Victor rimase immobile per un istante, gli occhi sgranati, la bocca leggermente aperta.

Era un gran bel cappello.

Un vecchio modello da cowboy, in cuoio scuro, con la fascia decorata da borchie d'argento e il bordo leggermente consumato dal tempo e dal sole. Un cappello vissuto, di quelli che raccontano storie anche solo a guardarli. Un cappello che portava con sé sabbia, silenzi e decisioni prese al margine della legge.

Perfetto.

Lo Straniero se lo mise in testa con un gesto asciutto, inclinando la tesa con due dita. L'ombra gli scese sugli occhi, schermandoli dalla luce abbagliante del mezzogiorno. Ora aveva di nuovo un volto. Ed era quello giusto.

Victor sbatté le palpebre.

"Oh, dannazione..."

Ma lo Straniero era già sparito. Scalò una trave metallica sul retro con la rapidità di chi conosce la struttura come il proprio corpo, si issò sulla griglia portante del tetto e, con un balzo perfetto, scomparve oltre l'angolo dell'edificio. Era tempo di chiudere i conti. E stavolta, lo avrebbe fatto a modo suo.

Dal tetto, lo Straniero ebbe finalmente la visuale completa.

Il sole cadeva obliquo sui tetti di lamiera, creando riflessi taglienti e scie di calore che salivano come fumo invisibile. La città sembrava immobile per un istante, congelata nel respiro prima della tempesta.

Li vide. I primi due banditi erano appostati sui tetti opposti, poco più avanti. Occhi puntati verso l'hotel. Fucili alzati. Ignari. I primi a cadere. Lo Straniero si abbassò appena, il corpo saldo contro la struttura del tetto.

Allungò il braccio con precisione chirurgica, prese la mira, respirò una volta sola — e sparò.

ZHEEW!

Un lampo di plasma blu elettrico squarciò l'aria. Il primo crollò all'indietro, colpito in piena fronte. Il suo corpo rotolò lungo la lamiera rovente, trascinando con sé polvere e sabbia, finché non cadde giù con un colpo sordo.

ZWOOSH!

Un altro lampo di plasma incendiò l'aria.

Il secondo si voltò di scatto, troppo tardi. Il colpo al petto esplose all'impatto e lo fece ruotare su se stesso come una marionetta tagliata. Poi cadde nel vicolo sottostante, scomparendo in fiamme blu nel buio tra due container.

E poi, l'inferno si scatenò. La città esplose in una polveriera. I banditi giù in strada si dispersero come insetti, cercando copertura dietro casse, veicoli abbandonati, colonne di metallo arrugginito.

Gli spari iniziarono a tuonare da ogni direzione. Lampi blu di plasma squarciavano l'aria, seguiti da scie rosse di laser che tracciavano linee incandescenti tra i muri e il cielo. L'eco dei colpi rimbalzava tra gli edifici, amplificato dal metallo e dal cemento, mentre la polvere si sollevava in nuvole dense e luminose.

Lo Straniero si spostò lungo il tetto come un'ombra in movimento. Aveva cominciato. E non avrebbe fermato la mano finché l'ultimo non fosse caduto. Il sole dorato della stella arancione colpiva il metallo arroventato, ma lui restava invisibile, sfruttando ogni linea, ogni ombra, ogni copertura. La sua sagoma scivolava silenziosa sopra le lamiere, mentre sotto di lui il caos dilagava.

Un bandito uscì da un balcone sul lato nord. Troppo lento. Troppo esposto. Lo Straniero lo centrò con un colpo secco, preciso. Il fascio di plasma azzurro lo colpì al petto. Un lampo giallo esplose all'impatto. Fiamme blu lo avvolsero mentre il corpo venne scaraventato contro il muro alle sue spalle, per poi cadere ancora in fiamme nella polvere con un tonfo sordo.

Un altro si sporse appena da dietro un vecchio pozzo meccanico, cercando visuale verso l'hotel. Errore fatale. Lo Straniero ruotò il busto in un movimento fluido, quasi elegante. Sollevò l'arma. Sparò. Il colpo lo centrò al petto. L'impatto esplose in una fiammata gialloazzurra e il corpo venne scagliato all'indietro. Il grido si spense a metà mentre precipitava all'interno del pozzo. Un'eco breve, liquida, poi solo silenzio.

Spostamento laterale. Lo Straniero non si fermò. Scivolò lungo un canale tecnico, atterrò dietro un basso muretto con un movimento morbido, felino. Si rialzò in un solo gesto, la mano già sull'impugnatura. Un altro bandito stava uscendo da un bar con il fucile alzato, urlando ordini.

Non fece in tempo a vedere il lampo di plasma. Non fece nemmeno in tempo a cadere con dignità. Uno dopo l'altro, i banditi cadevano. Nessun grido. Nessuna possibilità. Solo colpi netti. Silenzio che si richiudeva su ogni cadavere come sabbia sulla traccia di un serpente.

Lo Straniero era un'ombra che si muoveva fra i tetti, tra le lamiere sconnesse e i vetri infranti, come se il caos stesso si fosse fatto carne. Il suo revolver al plasma non era solo un'arma. Ogni volta che si alzava, si compiva un rito. Uno sguardo. Un giudizio. Nessuna preghiera. Nessun perdono.

Il tamburo del revolver ruotava, lento come un orologio stellare. Ogni scatto un battito cosmico. Ogni cella di fusione, un frammento di condanna. Quando lo sollevava — non era più un oggetto fabbricato. Non era acciaio. Non era scienza. Era volontà pura.

Era il Charopòs Thanàtos. Lo Sguardo Fiammeggiante di Thanàtos. E chi lo guardava — aveva già smesso di vivere.

Non si udivano suppliche. Solo il rumore secco del plasma che tagliava l'aria ed esplodeva all'impatto in una sfera giallo azzurra. Poi silenzio. E fiamme. Poi ancora sabbia. Come se il mondo volesse cancellare immediatamente l'impronta di chi aveva osato restare in piedi davanti a lui.

Ogni colpo era giustizia. Lì dove anche Dio s'era stancato di andare —

Il sole della stella arancione batteva senza pietà, ma lui sembrava non accorgersene. Scivolava da una copertura all'altra sfruttando ogni angolo d'ombra come se fosse un'estensione naturale del suo corpo. "Che sta succedendo lì sopra?!" gracchiò una voce alla radio.

Due banditi al piano inferiore tentavano di coordinarsi dietro una vecchia navetta commerciale sgangherata. Uno teneva la radio stretta come se potesse salvarlo.

Spostamento laterale. Cambio di quota. Occhi sempre avanti.

Lo Straniero salì su una condotta termica, si lasciò cadere dietro una botola aperta, il metallo caldo contro il fiato corto del vento. Inclinò la testa, un piccolo sorriso che fu più un'ombra che un gesto.

"Solo qui sopra?"

Due colpi secchi.

Due bersagli giù.

Fine della comunicazione.

Scivolò in avanti, lasciandosi cadere lungo una grondaia inclinata. Atterrò con un tonfo morbido dietro un gruppo elettrogeno, giusto in tempo per vedere un bandito sparare alla cieca verso una finestra.

Si alzò. "Brutta mira." BANG. Il bandito catapultato all'indietro in una fiammata giallo-azzurra, il fucile strappato dalle mani mentre cadeva tra polvere e fiamme blu. Lo Straniero riprese fiato. Tre restavano. Tra cui il capo.

Poi, da dietro un mezzo incendiato, una voce sibilò nell'aria piena di sabbia: "Non male, bastardo. Ma prima o poi finirai le munizioni."

Lo Straniero si abbassò dietro un contenitore rovesciato. "E tu i soldati."

Silenzio. Poi il bandito con la cicatrice rispose. "Non mi servono più. Mi basta un colpo. E so già dove lo metterò."

Lo Straniero sbuffò piano. Un'altra raffica gli sfiorò il fianco. Schegge di metallo si staccarono dalla copertura. Rimase calmo. Osservò. Calcolò. Vide il riflesso. Il movimento. Il margine d'errore. E sorrise appena. Era tempo di chiudere la distanza.

Un'altra raffica. Schegge e scintille. Il silenzio tra due respiri.

Poi, dal fumo, la voce del capo risuonò di nuovo, sporca di rabbia e spavalderia. "Vieni fuori, Straniero! Sei solo un dannato codardo con una buona arma!"

Lo Straniero si alzò lentamente da dietro la copertura, il volto impassibile, lo sguardo fisso sul punto esatto da cui arrivava la voce. "Tu parli troppo." Sollevò il braccio. Un colpo. Secco. BANG.

Il Thanàtos colpì il cappello del capobanda con precisione chirurgica. Il colpo lo trapassò come luce pura. Volò via come una corona spezzata in fiamme, rotolando tra la polvere rovente prima di finire sotto una carcassa fumante.

Il bandito con la cicatrice si bloccò. La mano ancora sulla fondina, il respiro tagliato di netto. Il messaggio era chiaro. Non servivano più parole. Nemmeno minacce. Solo il prossimo colpo.

Il capo banda strinse i denti, lo sguardo fisso sui tetti e sulla strada ormai disseminata di cadaveri. Ogni colpo era stato un messaggio. Ogni uomo caduto, una dichiarazione.

E poi c'era quello.

Il cappello bruciato che un tempo gli copriva la testa rotolava ora nella sabbia, spinto dal vento secco del mezzogiorno. Si allontanava come un simbolo spezzato, una corona fumante rovesciata sotto il sole feroce di Loren Prime.

I suoi uomini cadevano troppo in fretta. Troppo precisi, troppo puliti i colpi. Il maledetto Straniero non combatteva. Giustiziava.

Quel pensiero gli ribolliva dentro come veleno. E il suo orgoglio — già segnato, già ferito — urlava per una reazione. Per un colpo più basso. Più personale. Non disse nulla per un lungo momento. Restava lì, fermo, le mani sporche ancora strette attorno all'impugnatura del blaster. Lo sguardo correva nervoso tra i tetti, come se cercasse un bersaglio che non poteva vedere. Il vento gli muoveva i capelli impolverati, soffiando sabbia e silenzio sulla strada. Il cappello bruciato rotolava in silenzio più in là, spinto piano dalla brezza rovente. Ormai non c'era più posto per l'orgoglio. Solo per il sangue.

La città era immobile. Nemmeno un rumore. Nemmeno un respiro. Dietro ogni finestra chiusa, occhi in attesa. Dietro ogni ombra, armi pronte o mani tremanti. Tutti ascoltavano. Tutti guardavano. Aspettavano la prossima mossa.

Per un attimo, sembrò che il capo banda stesse esitando.

E nessuno più abbastanza folle da chiamarlo soltanto un uomo.

Lo Straniero, da sopra i tetti, lo vedeva chiaramente. La tensione nelle spalle. Il respiro più corto. Il pensiero che passava come un coltello dietro gli occhi. Avrebbe potuto voltarsi. Avrebbe potuto sparire. Ma non lo fece. Serrò la mascella. Abbassò lo sguardo. E alzò la mano.

Dal retro del magazzino, attraverso la sabbia sospinta dal vento e la luce implacabile del sole, due figure apparvero. Camminavano con passo deciso, afferrando saldamente qualcuno tra le braccia. La trascinavano come un trofeo.

Lo Straniero la riconobbe subito. Non c'era bisogno di vedere il volto. Gli bastava il modo in cui si muoveva, anche se trattenuta. Quella resistenza silenziosa, quella tensione nei muscoli, il modo in cui piantava i piedi a ogni passo, come se anche la resa dovesse essere una forma di lotta.

Era Lyra.

Le mani erano legate da una catena grezza, i polsi segnati dal metallo. La giacca strappata, il volto graffiato e coperto di polvere. Ma gli occhi — gli occhi erano ancora fiamme. Fiamme che non tremavano.

Uno dei banditi la strattonò con forza, cercando di farla camminare più in fretta. Lei si voltò di scatto. Lo guardò. E gli sputò in faccia. Il gesto fu improvviso, netto, puro. Un colpo di rabbia e orgoglio lanciato in mezzo a una strada silenziosa, tra le ombre degli edifici e il cielo infuocato di Loren Prime.

Il bandito si irrigidì, colto di sorpresa. Poi, senza pensare, la colpì con il dorso della mano. Un colpo violento. Secco. Il suono esplose nell'aria come una fucilata, rimbalzando tra le pareti metalliche della città deserta. Lyra cadde in ginocchio. Il respiro le si spezzò in gola. I capelli le coprivano il volto. Restò così per un istante, immobile, come se stesse assorbendo tutto quel dolore in silenzio.

Poi sollevò la testa. E lo guardò. Ancora. Ancora fiera. Ancora viva.

Il capo banda sorrise. Lentamente. Il sorriso di chi crede di avere il controllo, di chi pensa che un colpo basti a piegare una tempesta.

Allargò le braccia, facendo riecheggiare la voce per tutta la strada vuota.

"Vieni alla vecchia fabbrica nel deserto. Oltre la foresta."

Fece una pausa, lasciando che le parole restassero sospese nel caldo.

Poi aggiunse, con tono più tagliente:

"Da solo."

Nessuno rispose. Nessun colpo di blaster. Nessuna minaccia. Solo il vento che soffiava tra i tetti. E lo sguardo dello Straniero, immobile. Non rabbioso. Non scosso. Ma fermo. Freddo. Letale. Perché dentro, qualcosa si era già spezzato. Non era più una missione.

Era la giustizia degli Dèi.

Lo Straniero si sentì esplodere dentro. Un'ondata rovente gli attraversò il petto, non fatta di rabbia cieca, ma di una decisione chiara, assoluta.

Non li avrebbe lasciati andare.

Scivolò lungo il tetto con precisione felina, sfruttando ogni angolo d'ombra, ogni sporgenza. Atterrò dietro una barricata di metallo arrugginito, il rumore del suo arrivo coperto dal fruscio del vento.

Un respiro. Un colpo. Un altro uomo cadde avvolto dalle fiamme.

Il capo banda si voltò di scatto. Gli occhi all'improvviso colmi di qualcosa che fino a quel momento non aveva mostrato: paura.

Lo Straniero si muoveva nell'ombra come un demone nella notte, un fantasma tra le rovine della città. Non un soldato. Una sentenza. Ogni suo passo sembrava guidato da qualcosa di più profondo, come se lo sguardo fiammeggiante di Thanàtos lo avesse attraversato, lasciandogli in eredità la volontà degli Dèi.

Un altro colpo.

Un altro bandito crollò, colpito in pieno.

Il capo banda vacillò.

Troppo veloce.

Troppo preciso.

Troppo vicino.

Ne rimanevano solo due.

Il capo banda lo vide sollevare di nuovo l'arma.

E in quell'istante, nei suoi occhi, non vide rabbia. Non vide fretta. Non vide un uomo.

Vide Thanàtos.

E capì — troppo tardi — che nessuno dei suoi sarebbe uscito vivo da lì.

Lo Straniero si spostò lateralmente, nascosto dietro un muro annerito dal tempo e dal sole. Aveva l'arma pronta, la mano salda, gli occhi fissi. Il capo banda, nel panico, strinse Lyra a sé, usandola come scudo.

Le catene tintinnarono. Lei si dibatté, ma la presa era forte. Era il momento della verità. Il sole era alto, implacabile. Bruciava il metallo degli edifici, faceva tremare l'orizzonte, distorceva le linee dei tetti e delle strade in un miraggio rovente. La polvere sospesa nell'aria tingeva tutto di un'aura dorata e irreale, come se la città stesse fluttuando tra due realtà.

Lost Treasure era muta.

Completamente immobile.

Sospesa.

Gli abitanti trattenevano il fiato, dietro finestre socchiuse e porte chiuse a doppia mandata. Occhi invisibili guardavano la scena, mani tremanti stringevano i bordi delle tende, le labbra bisbigliavano preghiere mute.

Aspettavano.

Tutti.

Perché sapevano cosa stava per succedere.

Era l'ora del duello.

Lo Straniero avanzò lentamente, il passo misurato sulla polvere rovente. Ogni movimento era calibrato. Il sole alto proiettava ombre corte e nette sotto i suoi stivali. La tesa del cappello gli copriva gli occhi, lasciando solo la linea ferma della mascella e la tensione contenuta nelle spalle. Davanti a lui, a una ventina di metri di distanza, il capo banda lo aspettava.

Aveva Lyra come scudo.

Le braccia le erano ancora legate, la catena che pendeva inerte tra i suoi polsi. Lui la teneva stretta con un braccio attorno alla vita, la bocca vicina al suo orecchio, il blaster puntato alla sua tempia con mano ferma.

Lei si dimenava, cercando di liberarsi, ma il bastardo non mollava. Lyra sputò per terra, lo sguardo infuocato.

"Se pensi che questo ti salverà," disse con voce tagliente, "sei più stupido di quanto sembri."

Il capo banda rise. Quel ghigno storto e malato che puzzava di sabbia, sangue e disperazione.

"Oh, tranquilla, tesoro. Il tuo amichetto non rischierà di farti saltare la testa."

Lo Straniero non rispose. Rimase fermo. Immobilità assoluta. La testa leggermente abbassata, il volto nascosto dall'ombra, la mano destra rilassata accanto alla fondina. Vent'anni di esperienza gli urlavano di aspettare.

Di non forzare il momento. L'istante prima di premere il grilletto era sempre il più importante. Era lì che si vinceva o si moriva. Il capo banda lo studiava, cercando di leggere nei suoi movimenti. Di anticiparlo. Di capire. Lo Straniero non gli diede nulla. Solo silenzio. Solo polvere. Solo la promessa dell'unico colpo che conta.

Era il momento. Lyra lo fissò con rabbia, gli occhi che bruciavano.

"Ormai sei un uomo morto," sibilò al capobanda.

Lui non rispose. Ma il suo sguardo cercò quello dello Straniero. Un secondo. Due. Lo Straniero non distolse lo sguardo. I suoi occhi azzurri come il ghiaccio erano due lame ferme nel vuoto. Nessuna esitazione. Nessun tremore. Solo quella freddezza chirurgica che precede la fine. E lo sguardo del capo banda vacillò, per un istante.

Il vento si fece più forte. La polvere girava attorno a loro come un vortice che tratteneva il respiro. Il sole di mezzogiorno batteva implacabile, proiettando ombre lunghe e sottili sulla strada deserta di Lost Treasure. Ogni cosa sembrava immobile, sospesa in un battito che non voleva passare.

Il capo banda prese un respiro profondo. E strinse il collo di Lyra un po' più forte. Lo Straniero lo vide. Tutto. Vide la tensione nel braccio. La presa che si irrigidiva. Il respiro troppo rapido. Il micro tremito nel dito che reggeva il blaster.

Un piccolo errore. Ma bastava.

Tutto accadde in meno di un secondo.

Lyra era l'unica cosa che teneva in vita il bandito. E lui lo sapeva. Ma lei lo sapeva meglio. I suoi occhi cercarono quelli dello Straniero, e li trovarono. Per un istante sospeso, tra il vento e la sabbia, si fissarono. Uno sguardo soltanto. Ma bastò. In quegli occhi azzurri e freddi come il ghiaccio non c'era paura. Solo fiducia. Solo certezza. Un movimento secco. Preciso. Istintivo. Un calcio rapido al ginocchio del bastardo. Il colpo non lo mandò a terra, ma bastò.

La sua presa si allentò, abbastanza da spezzare il momento. Lyra si liberò, fece qualche passo indietro. Il respiro affannato, le gambe e le braccia ancora legate, il sangue che pulsava nelle tempie. Non poteva correre troppo lontano senza rischiare di essere colpita. Ma non ne aveva bisogno. Ora non era più il suo problema.

Il capo banda non la inseguì. Non si mosse nemmeno di un centimetro. Perché sapeva. Sapeva che una sola distrazione gli sarebbe costata la vita. E quella vita... era appesa al silenzio che stava per rompersi.

Ora erano solo loro due. E il vento.

Lo Straniero e il capo banda si fronteggiavano in mezzo alla strada, distanti quanto basta per far valere un solo colpo. Una ventina di metri di polvere, tensione e silenzio. Le dita sfioravano le fondine. Gli occhi fissi. Il cuore fermo.

Il sole bruciava sulla pelle, il vento soffiava tra gli edifici. La sabbia si sollevava come uno spettro, avvolgendo la scena in un velo dorato.

Ogni fibra del corpo pronta a scattare. I suoi occhi azzurri fissavano il nemico con una freddezza impossibile da decifrare. Non era odio. Non era rabbia. Era certezza. La certezza della giustizia che cammina tra gli uomini, e sa già come finirà.

Ogni secondo sembrava un'eternità. Un battito. Un respiro. Un nulla. Poi, un fremito. Un movimento impercettibile. Un errore. Lo Straniero lo vide.

La sua mano si mosse come un fulmine dal cielo, precisa, inevitabile — come il tuono che seguì.

Il tamburo ruotò come l'anello infuocato di un Dio.

ZHEEEW!

Un solo colpo. Silenzioso. Lacerante.

Centrato alla testa. Il fascio di energia colpì tra gli occhi.

E per un istante — brevissimo, eterno — l'unica cosa che il capo banda vide fu lo sguardo fiammeggiante di Thanàtos.

Non luce.

Non colore.

Ma la fine stessa, scolpita nel fuoco di un demone.

Poi il nulla.

Il capobanda divenne storia in un lampo di fuoco e plasma.

Nessun urlo. Nessun secondo colpo. Il corpo si afflosciò sulle ginocchia e poi crollò di lato nella polvere. Lo Straniero rimase fermo. Il braccio teso. Il revolver al plasma ancora fumante nella luce del sole. Non abbassò subito l'arma.

Restò lì. A guardare. A sentire. Il vento si portava via l'odore dell'energia bruciata. E con lui, un nome in meno sulla sua lista. Era finita.

Il vento continuò a soffiare, instancabile, portandosi via l'ultima traccia di polvere e sangue. Le nuvole leggere di sabbia danzavano nell'aria come se stessero cancellando la violenza appena avvenuta, trasformandola subito in leggenda.

Dalle finestre, occhi curiosi iniziarono a sbirciare. Le porte si aprirono lentamente, cigolando. La gente di Lost Treasure tornò a muoversi, passo dopo passo, come animali che fiutano se il pericolo è davvero passato. Non serviva dire nulla. Era chiaro chi aveva vinto. Lo Straniero fece scivolare il revolver nella fondina con calma. Nessun gesto teatrale. Solo un finale annunciato.

"È lui..."

"L'uomo dallo sguardo di ghiaccio..."

"Il demone di Thanàtos..."

Si voltò lentamente verso Lyra.

Lei era ancora in piedi, le catene penzolanti dai polsi, il viso segnato dalla lotta. Ma i suoi occhi erano vivi, presenti. E quando i suoi incontrarono quelli dello Straniero, fu come sbattere contro l'inverno.

Quegli occhi azzurri come il ghiaccio la guardarono fissi, senza un tremito. Non erano solo belli. Erano pericolosi. Come se potessero trafiggere il cuore senza nemmeno muovere un dito.

Il sole filtrava tra le nuvole di sabbia ancora sospese, come se il tempo stesso avesse rallentato per permettere a quel momento di esistere. Lo Straniero non disse nulla. Sollevò di nuovo il braccio, con calma.

Il revolver si alzò senza fretta, come un prolungamento della sua volontà.

Lyra non si mosse.

Un lampo. Un suono secco, preciso.

ZHEEEW!

La scarica colpì le catene — braccia e gambe in un colpo solo. Il metallo si fuse all'istante, spezzandosi con un bagliore incandescente.

Frammenti roventi caddero nella polvere. Silenziosi. Definitivi.

Lyra abbassò lentamente le braccia. I polsi liberati, le gambe stabili, lo sguardo già avanti.

E camminò.

Libera.

Lo guardò. E sorrise appena.

"Non male, Straniero."

Lui si sistemò il cappello con due dita. Inclinò appena la testa.

"Non che avessi molta scelta."

Il vento continuava a soffiare. Ma ora era un vento diverso.

Non portava minaccia.

Portava via il passato.

Era tempo di lasciare Lost Treasure.

Si avvicinò di un passo.

Gli occhi negli occhi.

Un sorriso appena accennato. Un sopracciglio alzato.

"Il Calice," disse.

Lyra si passò una mano tra i capelli, ancora sporchi di polvere e sudore. "Non ce l'ho più. L'hanno preso i banditi. Ma non per loro."

Lo Straniero strinse la mascella. "Chi?"

Lei fece un respiro profondo, cercando di mettere insieme i pezzi. "Un mercante... non ho capito chi fosse." Poi si fermò. Qualcosa le balenò nella mente. Un nome sussurrato tra minacce e colpi, come se i banditi non avessero nemmeno capito quanto fosse importante. Si voltò verso lo Straniero. Gli occhi azzurri, improvvisamente seri. "Il Curatore."

Silenzio. Victor incrociò le braccia. "Mai sentito." Ma lo Straniero non lo ascoltava più. Dentro di lui, pezzi sparsi cominciavano a incastrarsi. L'imboscata. I tempi. Le parole. I silenzi. Quei bastardi non cercavano il calice. Sapevano già che non era lì. L'attacco non era per rubarlo. Era per eliminarlo. Il Curatore non voleva testimoni. Non voleva che lo Straniero mettesse il naso dove non doveva. E lo Straniero... non era mai stato un uomo paziente. Né uno che si lasciava mettere i piedi in testa. Strinse i denti. Lo sguardo oltre l'orizzonte. "Bastardo."

Lyra lo fissò. Cercava di leggere qualcosa in lui, come sempre. Ma non c'era paura nei suoi occhi. Solo una certezza.

"Sei nei guai, vero?"

La fissò per un lungo istante. I suoi occhi di ghiaccio sembravano leggerle dentro, come se ogni resistenza, ogni scudo, fosse solo un velo destinato a cadere. Non disse nulla. Non ne aveva bisogno.

Poi dalle ombre si levò un rumore di passi.

Il sole di mezzogiorno picchiava ancora forte sul metallo arrugginito degli edifici di Lost Treasure, rendendo l'aria densa, secca, quasi soffocante. Il vento continuava a sollevare mulinelli di polvere lungo la strada principale, mescolandosi all'odore di bruciato che aleggiava ancora nell'aria dopo la sparatoria.

Lo Straniero si rilassò appena, lasciando scivolare il peso del revolver lungo la gamba. La tensione del duello era svanita, ma il silenzio che la seguiva era carico di aspettativa. Uno di quei silenzi che precedono la memoria.

Le porte delle case cominciavano ad aprirsi, una alla volta. Le finestre si spalancavano piano. La gente di Lost Treasure usciva cautamente, come animali che annusano l'aria dopo un temporale, temendo che il pericolo potesse ancora nascondersi dietro l'angolo.

Un giovane si fece avanti. Era magro, forse vent'anni, con l'uniforme impolverata e una stella da vice-sceriffo appuntata al petto. Aveva l'aria timida, insicura, ma nei suoi occhi brillava un rispetto sincero.

Un bisogno antico di credere in qualcosa.

"Straniero..." disse, togliendosi il cappello.

Esitò un attimo, poi aggiunse con voce più sicura:

"È stato incredibile."

Lo Straniero si sistemò la tesa del cappello con due dita, il volto appena inclinato, senza dire una parola. Gli occhi freddi e vivi si posarono sul ragazzo, poi sulla città intera.

Il giovane deglutì, poi trovò il coraggio.

"Era da tempo che quella banda tormentava la città. Il nostro sceriffo ha provato a fermarli... ed è morto per difenderci."

Dalle ombre si alzò un mormorio d'assenso. Qualcuno abbassò lo sguardo. Altri annuirono, piano, con la lentezza di chi ha perso e non ha mai avuto modo di piangere.

Lo Straniero restò in silenzio. Aveva visto quella scena troppe volte. Città isolate, senza legge. Luoghi dimenticati, schiacciati dalla paura. Posti dove la giustizia arrivava sempre troppo tardi, o mai. E quando arrivava, non indossava una divisa. Indossava la polvere.

Il vice-sceriffo inspirò a fondo.

"Se lo volesse... c'è un posto libero come sceriffo, qui."

Il vento rispose al posto suo, facendo sbattere un'insegna di metallo su un tetto vicino. Lo Straniero alzò appena il mento, scorrendo lo sguardo sulla folla che ora lo guardava in silenzio.

Nei loro occhi c'era speranza. Ma anche qualcosa di più antico. Fede. Gratitudine. Illusione. Per loro non era solo un uomo con una pistola.

Era giustizia.

Non era la prima volta che qualcuno gli offriva un posto. Un ruolo. Un destino. Ma lui non era fatto per restare. Sapeva già la risposta. E non ci mise molto a darla.

"Ti ringrazio, ragazzo," disse con calma.

"Ma non resto mai troppo a lungo in un posto."

Victor gli si affiancò in silenzio. Poi disse, con voce roca ma lucida:

"Sai che potevamo anche andarcene... e basta."

Lo Straniero non rispose subito. Gli occhi fissi sull'orizzonte.

"Lo so," disse.

"Ma la polvere non aspetta nessuno"

Il cappello. Lo tolse lentamente dalla testa, osservandolo tra le mani, come se solo in quel momento realizzasse che non gli apparteneva.

"Ah... questo è tuo."

Victor si voltò e lo guardò con un sorriso leggero.

"Puoi tenerlo."

Lo Straniero sollevò un sopracciglio. "Davvero?"

Victor annuì piano. "Sì. Apparteneva a un abile pistolero spaziale. Uno come te."

Lo Straniero rimase in silenzio per un istante, poi si passò una mano tra i capelli prima di rimettersi il cappello in testa.

"E che fine ha fatto?" chiese con una nota di curiosità.

Victor si voltò verso di lui con un sorriso enigmatico. "E' morto. Fu ucciso."

Lo Straniero inarcò leggermente le sopracciglia, ma non disse nulla.

Victor proseguì.

"Era un duello simile a quello che hai vissuto tu. Solo che erano duecento banditi, tra i più tosti della galassia. Li aveva fatti fuori quasi tutti... ma alla fine, il destino lo raggiunse."

Lo Straniero annuì lentamente, immaginando la scena.

"Si faceva chiamare Billy the Kid." Victor accennò un sorriso. "Come il leggendario pistolero."

Lo Straniero alzò lo sguardo sul cappello che ora portava sulla testa. Un bel cappello. Un bel nome. E, forse, anche una bella eredità da portare avanti. Inspirò piano, poi si sistemò meglio la tesa, lasciando che l'ombra gli coprisse appena gli occhi.

"È un bel modo per morire."

Victor scosse la testa con un sorrisetto. "Se lo dici tu, Straniero."

Il rumore dei motori iniziava a crescere. Il vento caldo del mezzogiorno sollevava la polvere attorno a loro, avvolgendo la strada in una danza dorata e silenziosa. Aveva fatto fuori più di trenta banditi in un giorno. Per una donna. Per un senso di giustizia che non ammetteva compromessi.

Perché era giusto. E perché, forse, non poteva fare altrimenti. Il peso delle sue azioni si faceva sentire sulle spalle. Ma non era stanchezza. Era consapevolezza. Ogni passo lo allontanava dalla città. Ma non da ciò che aveva fatto. Né da chi, stavolta, aveva lasciato qualcosa in lui.

E mentre Lyra osservava lo Straniero allontanarsi, sentì qualcosa stringersi dentro. Di solito era lei quella che se ne andava. Lei a chiudere. Lei a voltarsi per prima. Ma non questa volta.

La voce le uscì di gola senza che potesse fermarla. Un sussurro appena più forte del necessario.

"Dannato Blue Devil..."

Lo Straniero si fermò. Voltò lentamente il capo. Tornò indietro. Solo pochi passi. Solo per lei.

Fece un passo verso Lyra. Poi un altro. Si fermò davanti a lei. La guardò dritto negli occhi.

E la baciò.

Lyra non si sottrasse. Per la prima volta.

Aveva gli occhi di ghiaccio.

E Lyra, per la prima volta, ebbe paura di sé.

FINE

L'autore

Ethan Skyler è un autore e imprenditore multidisciplinare, narratore di mondi e costruttore di visioni. Le sue opere fondono immaginazione futuristica, mitologia e ritmo cinematografico, esplorando il confine sottile tra destino, conoscenza e scoperta.

Blue Devil's Chronicle — Ultimo Oracolo segna l'inizio della sua epopea narrativa, ambientata nell'universo del Quarto Principio™: una saga che intreccia filosofia, avventura e mitologia futuristica.

Un primo passo in una visione destinata a espandersi ed evolvere nel tempo.

Se sei arrivato fin qui... grazie. Davvero.

Sappi che questo è solo l'inizio. L'universo del Quarto Principio è appena nato, e il meglio deve ancora venire.

Altri capitoli, altri mondi, altri segreti si stanno già muovendo nell'ombra.

Se vuoi seguirne le tracce, vieni qui: **ethan-skyler.com**

Lì troverai anteprime, scene inedite e aggiornamenti sulla saga. Il viaggio continua.

www.ingramcontent.com/pod-product-compliance
Lightning Source LLC
Chambersburg PA
CBHW020106310726

48970CB00002B/502